Sonya
ソーニャ文庫

偽りの王の想い花

春日部こみと

JN131197

イースト・プレス

contents

序章　005

第一章　009

第二章　046

第三章　087

第四章　176

第五章　215

第六章　247

終章　304

あとがき　316

序章

「ご決断を」

隣室の騒ぎを聞きながら、判断を迫る者の姿をまじまじと眺める。

医師らしく羽織った白いガウンは様々なもので汚れていた。大量の汗をかいたのか、首元はぐっしょりと濡れて布の色が変わっている。

皺の多い顔は緊張に強張り、状況が逼迫しているのが見て取れる。

「ご決断を、王妃陛下」

もう一度迫られ、今しがた説明された内容を頭の中で反芻した。

「……御子か、母体か。なるほど」

胎を裂かねば御子は生まれない。胎を裂けば、当然ながら母体が息絶える。

子か、母か。その選択を迫られていた。

「このままではどちらもお救いできません。――陛下、どうか早急に、ご決断を」

時間がないのか、焦れた医師がなおも決断を迫る。

「御子を」

短く告げた。迷うべくもなかった。御子は高貴なる血を継ぐ者。そして妃はその血を継がせる媒体、それだけの存在だ。

御子の父親——つまりは自分の夫でもある王が先ほど逝去したため、なおさらだ。

数日前に、遠い西の砂漠の国から献上されたという金色の牡馬から落ちたのだ。気が荒いと注意を受けていたというのに、乗らねばならぬと周囲の反対を押し切った結果だ。落馬して頸の骨にひどく衝撃を受けたせいで、首から下が動かせなくなって、食べ物も上手く呑み込めなくなってしまっていた。

王がそのような状態になったことは、混乱を避けるために信頼できる少数の人間だけの秘密にしてあったのだが、昨日から呼吸もままならなくなってきたので、持ってあと数日だろうと医師から宣告を受けていた。

（……だがよもや、己の子の誕生する日に息を引き取るとは……）

これも運命か、と一人納得する。

無事に子が誕生すれば、王家の血は保たれる。

優先すべきは、母体ではなく子だ。仕方ない。

自分の決定に、「御意」と声を合わせた医師たちが、一礼した後、素早く隣室へと戻っていく。処理に取り掛かっているのだろう。怒声のような指示が飛び交い、医師やその助手たちが慌ただしく動き始めるのが聞こえてきた。

　やがて、泣き叫ぶ妃の声も。

　獣じみたその悲鳴に、知らず眉根が寄った。妃の可愛らしい微笑が脳裏を過る。幼い頃から知っている、自分の従妹だった。自分を慕い、隣国に嫁ぐのにも付いてきてくれた、主思いの侍女でもあった。

　悼む心を持たないほど、人であることを捨てたわけではない。

「赦せよ」

　小さく呟く。懺悔は嘘ではない。憐れに思う。

（そなたも私も、歯車の一つにすぎぬ）

　一国の妃と言われ傅かれても、この国を構成する要素の一つであるだけだ。代替品があればそれで事足りてしまうもの。

（――だが御子とて同じよな）

　く、と漏れた笑いを、手にした扇で隠した。さすがにこの場では不謹慎であろう。

　この国を大きなからくりだとすれば、内にある人間は全て歯車の一つ。王とて、御子とて変わらない。

「では、だれがこの大きなからくりを動かしているのであろうなぁ？」

　呟いた独り言に、側近の者が一度目を上げたが、主が問いの答えを求めていないことを察したのか、すぐに視線を下げた。

全てが歯車であるというならば、それらを動かしている者がいるはずだ。

歴史の流れ。運命。あるいは、神か。

ふん、と嘲笑が漏れた。

（そのような曖昧なものに、主導権を握らせてなるものか）

「この私だ」

小さく宣言する。曖昧なものに牛耳られるくらいならば、この手で舵を取ってやろう。自分がこのからくりを動かす主となってやる。

パシン、と音を立てて扇を掌に打ち付ける。

その瞬間、弾けるような赤子の泣き声が、隣室から響いた。

第一章

ピオニーは森の中を駆けていた。

うばやが熱を出したのだ。急いで薬を飲ませてあげないと。

（ユキノシタを、とってこなくちゃ……！）

ユキノシタの葉や茎（くき）は熱冷ましの薬になるのだと、森の番人である樵（きこり）のおじさんが教えてくれた。おじさんは、今は亡き両親に恩があるとかで、薬をいくらか譲ってくれたのだが、その分はもうなくなってしまっていた。

この間ピオニーが風邪をひいた時に使ったからだ。

その時に看病してくれたうばやに、ピオニーの風邪がうつってしまった。

おじさんにもう一度頼もうかと思ったけれど、そう何度も頼んでいては申し訳ない。おじさんだって自分の分は必要なはずだから。

お屋敷にいる叔父たちに、お医者様を呼んでくださいと頼もうかとも一瞬考えたけれど、すぐに無理だと諦めた。叔父たちはピオニーをひどく嫌っていて、顔を見るのも嫌だからと、森の小屋に追い払ってしまったくらいなのだ。

きっとまた、門の前で怒鳴られて終わりだ。

だからピオニーは自分でなんとかしなくてはならなかった。

ユキノシタの生えている場所なら知っている。樵のおじさんが教えてくれた。

森の中の小川のそばだ。目印が小川だから、まだ森に不慣れなピオニーでも覚えられたのだ。

躓(つまず)きそうになりながらも、駆けて駆けてようやく小川に辿り着く。けれどユキノシタは生えていなかった。丸い葉が生い茂り緑色で埋め尽くされていたはずの場所は、丸裸になった土が黒々と見えている。

「ど……どうして……？　このままで、ここにいっぱい生えていたのに……」

呆然として呟いたピオニーの視界が、ジワリと涙で滲んだ。鼻の奥がツンとなって、慌ててグッと奥歯を噛み締める。

（だめ……！）

泣いてはダメだ。一度泣き始めると、涙が止まらなくなってしまう。

両親の葬式の時に、お前の泣き声は癇(かん)に障(さわ)る、と叔父に叩かれたことを思い出す。

（ピオニーが泣いたせいで、うばやまでおやしきから追い出されてしまったのだもの……！）

泣いてばかりで鬱陶しいからと、叔父はピオニーを侯爵邸から追い出したばかりでなく、その乳母も一緒に放り出した。ピオニーをちゃんと教育できていない役立たずだからという理由だ。

それなのに、ピオニーは、自分のせいで巻き込まれたうばやに、申し訳なくて堪らなかった。また風邪をうつしたりして、うばやには悪いことばかりしている。お詫びに良いことをしてあげたいのに、どうして自分はこうなのだろうか。

涙が零れそうになるのを、深呼吸をしてやり過ごす。

すぅ、はぁ、すぅ、はぁ、とできるだけゆっくりと繰り返すと、胸の中で膨らんでいたもどかしさや悔しさ、そして大きな悲しみの塊が小さくなっていき、溢れかけていた涙がだんだんと引っ込んでいく。

ほ、と最後に小さく息をつくと、ピオニーは別の場所にユキノシタを探しに行こうとして、すぐにギョッとなってしまった。

数歩離れた場所に、人が立っていたからだ。

(だ、だれ……!?)

人が近づいてきていたのなら、足音くらいしそうなものなのに、物音どころか、気配もまるでなかった。未知のものへの本能的な恐怖を感じながらも、勇気を出して目を凝らしてみると、それは自分よりもいくらか年嵩の少年だった。

「まぁ……!」

ピオニーは思わず感嘆の声を上げた。

びっくりするほど美しい少年だったからだ。

肩にかかる手前で切り揃えられた白金髪（プラチナブロンド）、肌は白く、上等なビスクドールよりも整った顔立ち。中でも鮮やかな藍色の瞳は、ハッとするような輝きを放っていた。

こんなに美しい人間を、ピオニーは今までに見たことがなかった。

彼は本当に人間なのだろうか、という疑問が湧き上がる。

こちらをじっと見つめているくせに黙ったままだし、仮面をつけているかのように無表情なのだ。

目が合っているからピオニーが彼に気がついていることは分かっているだろうに、それでも反応を見せない。

幼いピオニーの目にも、それは異様で恐ろしげに映った。

人間ではない生き物なのではないかと疑ってしまうのも無理はない。

しばらくの間、ピオニーとその生き物はしばし目を合わせたまま、膠着（こうちゃく）状態に陥った。

二人の間にある数歩の距離を、そよそよと風がすり抜けていく。

ピオニーはゴクリと唾（つば）を呑んだ。彼から目を逸らせず、すっかり困ってしまっていた。

何故なら、以前に樵のおじさんから注意されたことを覚えていたからだ。

『いいかい、ピオニー。野犬と目が合った時、怖いからとすぐに目を逸らしてはいけない。

奴らにとっては、睨（にら）み合いで目を逸らした方が負けなんだ。自分より弱いものだと分かれば、すぐに襲い掛かって来るだろう』

このきれいな少年は野犬ではないが、野犬と同じくらい得体のしれないもののように思える。目を離せば襲い掛かって来る……ことはないかもしれないが、ふうっと宙に消えてしまいそうな、もしくは違う何かに変化してしまったりするような気がした。

彼は相変わらず微動だにしない。

やはり生き物ではないのかもしれない、と思った時、白く長い睫毛（まつげ）が動いた。彼が瞬きをしたのだ。

(あ……生きているんだわ)

もしかしたら、彫刻なのかもしれないと思い始めていたところだった。昔、母と通った教会にも、彼と同じくらい美しい天使の像が置かれていた。

その天使の像を思い出して、ピオニーはハッとなる。

「も、もしかして、天使さまなの……？」

そう呟いてみて、自分ながら納得する。

こんなに美しいのだから、天使でもおかしくない。聖書に書かれてあったような大きな翼は背中にないけれど、その姿はピオニーが想像していた天使の姿とよく似ていた。

「あの、あなたは、もしかして、天使さまなのですか？　ピオニーを迎えにきてくださったのですか？」

　思い切って、彼に聞こえるように大きな声で訊いてみた。

　知らず胸の前で手を組む。神に祈りを捧げる体勢だ。ちゃんとしたやり方は習っていないから、これが正しいのかも分からない。けれど母が生前に神様に祈っていた時、こんな恰好でやっていたはずだ。

　だがピオニーが訊ねているのに、少年は無表情のままだった。相変わらずピクリとも動かないまま、ガラス玉のように透明な瞳でこちらを見つめている。

「あ、あの……」

　あまりの無反応さに、ピオニーは焦った。ひょっとすると、天使に話しかけるのは不作法だったのかもしれない。両親にするように叔父に話しかけたら、躾がなっていないと頬を打たれたことを思い出す。その時の痛みがまざまざと蘇り、ひゅっと身が竦んだ。叔父の平手はとても痛かった。神の御使いである天使なら、人よりももっと力が強いに違いない。叩かれたら、どれほど痛いだろうか。

「ご、ごめんなさい……！　ごめんなさい……！」

　想像だけで怯え切ってしまい、俯いて謝罪を繰り返していると、不意に足元に影が降りた。

　ギクッとして顔を上げると、いつの間に近づいてきたのか、少年の顔が目の前にあって息を呑む。離れて見てもきれいだと思った容貌は、間近に迫ると呼吸を忘れるほどの迫力があった。菫青石を嵌め込んだかのような美しい瞳で、ピオニーの顔を覗き込むようにして見ている。どうやら打つつもりはなさそうだと安堵しつつも、じっと見つめてくるだけで、相変わらず声を発しようとしない少年に、ピオニーは恐る恐る声をかけた。

「あ、あの、天使さま……？」

「天使様とは、私に向かって言っておるのか？」

澄んだ声に、ピオニーの心臓が跳ねる。

ようやく少年が喋った、と思うと嬉しくて、ピオニーはコクコクと頷く。

抑揚のない口調は、教会で神の教えを説く神父に似ている。子どもとは思えないその仰々しい喋り方が、ますます天使らしく思えて、ピオニーは自分の予想が正しいのだと期待を募らせた。

きっと毎晩お祈りをしているから、神様が願いを聞き届けてくださったに違いない。

「あ、あの……て、天使さま。おねがいです。どうかピオニーをお父さまとお母さまのところにつれていってください！」

この機会を逃してはいけないと、焦って早口になってしまったが、天使はちゃんと聞きとってくれていたようだ。無表情ながらも、わずかに眉根を寄せている。

それから、おもむろに口を開いて言った。

「私は天使ではない」

「…………そう」

躊躇いのない否定に、ピオニーはがっくりと手を下ろす。

とっても期待が膨らんだけれど、違うだろうなと半分は分かっていた。

神様はなかなか願いを聞いてくれない。ピオニーの声が小さすぎて届かないからなのか、ピオニーが悪い子だからなのか。どちらにしても、悲しいことだ。

しょんぼりと肩を落としたピオニーを、少年は静かに見下ろす。

「迷子、か？」

「……え？」

思いがけないことを訊かれて顔を上げると、少年の瞳の奥の瞳孔まではっきりと見えた。よく見ると、その瞳は藍色だけではなくて、その中に茶色や金色が散った不思議な色合いをしていた。

（……不思議で、とってもきれいな色……）

自分のありふれた緑色の瞳とは大違いだ。

「両親のところに……行きたいのでは？　私が一緒に探してやる」

ぼんやりとその目に見入っていたピオニーは、目の前に手を差し出され、我に返って首を横に振る。

「あっ……ちがうの、まいごじゃないわ。ピオニーのお父さまとお母さまは、天国にいるから。天使さまじゃないとつれていけないのよ」

たどたどしい説明に、少年は手を下ろした。

「……そうか」

「うん」

二人ともそれ以上何も言わず、わずかな沈黙が降りる。

ピオニーはなんとなく足元を見つめた。ユキノシタが生えていた場所は、土がふわふわとしていて、掘り起こされたばかりのようだ。

「……ユキノシタ……あ、そうだ。うばやのユキノシタ……！」

少年に気を取られてしまっていたが、本来の目的を思い出して慌ててしゃがみ込む。すると、目の前に立っていた彼が、同じようにしゃがみ込んでなおも話しかけてきた。

「ユキノシタとは、ここに生えていた草のことか？」

「うん」

「それなら、今朝方二人連れの男たちが根こそぎ摘んでいった。薬草を採ることを生業（なりわい）にしている者たちだろう。この森は薬草が豊富だから」

「そ、そうなの……」

訳知り顔で説明されても、幼いピオニーにはよく分からない。そもそもこの少年の使う言葉は、ピオニーにはまだ難しいものが多かった。

曖昧に相槌を打つと、ピオニーは立ち上がってヨタヨタと歩き出す。

「どこへ行く？」

少年に問いかけられて、ピオニーは振り返った。

「ユキノシタをさがすの。ここにはもうないんだもの」

「他に生えている場所を知っているのか？」

畳みかけるように言われて、ピオニーの目にじわりと涙が浮かぶ。泣きそうになっているのを見られたくなくて、ギュッと目を閉じてブンブンと頭を振った。

どうしてこの少年は質問ばかりしてくるのだろう。

天使だったら、自分の願いを叶えてもらえたのに、天使ではないから叶えてもらえない上に、ピオニーが泣きたくなるようなことばかり訊いてくる。

「知らなくても、さがさなくちゃいけないの。うばやがびょうきなんだもの」

いちいち訊かないでほしい、そう思ってちょっと腹を立てた時、彼が言った。

「手伝おう」

「……え？」

驚いて目を丸くしていると、少年はサッと立ち上がってピオニーに手を差し出す。

「一人よりも、二人の方が早いだろう」

「……いっしょに、さがしてくれるの？」

両親が亡くなってから、ピオニーを助けてくれたのは、うばやと樵のおじさんだけだ。

仕方がない。侯爵様だった父が死に、その爵位は叔父に渡った。屋敷の主は、もう父ではなく叔父で、ピオニーは侯爵令嬢からただの孤児になってしまったのだから。

叔父と叔母に、住んでいた屋敷から追い出された時も、使用人たちは気まずそうにしながらも、新しい主に逆らわなかった。

これまで優しかった人たちが、あっという間に自分から離れていった状況は、幼いピオニーの心を委縮させてしまうのに十分だった。

助けを求めれば助けてもらえる——そんな環境にいたピオニーにとって大きな衝撃でもあったし、だからこそ今、初めて会っただけの少年にそんな申し出をされて、びっくりしてしまったのだ。

「あの……ピオニーは、おじさまにきらわれているから、なかよくしたら、きっとあなたがしかられるわ」

思わずそんなことを言えば、少年はまた首を傾げる。

「おじさま？」

「マーシャルこうしゃくさまよ」

「……では君は前侯爵の御息女か」

少年は独り言のように呟いて、じっとピオニーを見つめた。

「何故伴（とも）もつけずに一人で森に？」

「おともはいないもの。ピオニーは、うばやと、ふたりきりで森でくらしているの」

拙（つたな）い答えに、少年は少し考えるような素振りをした後、「そうか」と呟く。そしてピオニーの手を取った。

「私は君のおじさまは怖くない。だから一緒にユキノシタを探そう」

ピオニーは目を見開く。

叔父が怖くないなんて、本当だろうか。皆、領主である叔父を怖がっているのに。

樵のおじさんだって、両親に恩があると言いながらも、叔父が怖いから逆らえないと言っていた。

「……ほんとうに？」

「本当だ」

確かめれば、少年はピオニーの手をぎゅっと握る。その手が温かく、頼もしくて、ピオニーはパッと笑った。

「……うれしい！」

その笑顔に、少年が驚いたように目を丸くする。ピオニーは「えへへ」と照れ笑いをして、彼の手を握り返した。少年はほんの少し戸惑ったようにピオニーの顔を眺めてから、おもむろに歩き出す。

「……ユキノシタを探そう」

「うん！」

彼の後に続くように歩を進めながら、ピオニーは握った手の温もりに心まで温かくなるのを感じていた。

＊　＊　＊

この不思議な少年との出会いは、一度きりではなかった。

あれからすぐにユキノシタは見つかり、うばやに飲ませてあげることができた。うばやは翌日にはベッドから起き上がれるようになり、ユキノシタを採ってきたピオニーにお礼を言って褒めてくれた。

『お嬢様お一人で採ってきたのですか？』

ピオニーがまだ何もできない子どもだと思っているうばやは驚いていたが、ピオニーは少年のことは話さなかった。

うばやのことは信用しているが、誰かに喋ったことでどこからか漏れて、叔父が少年を罰するようなことになっては嫌だったし、なにより彼のことは自分だけの秘密にしておきたかったからだ。

（だって、ピオニーの天使さまだもの……）

彼は否定していたし、多分本物の天使ではないのだろうけれど、ピオニーにとっては天使だった。ひとりぼっちで、心細くて、寂しかったピオニーに、「一緒にユキノシタを探そう」と手を引いてくれた人だ。

両親が亡くなって以来、ピオニーが初めて得た、日常からの救いの手だったのだ。

その日の晩、ピオニーは神様にお祈りをした。眠る前にベッドの脇に跪き、お祈りを捧げるのは彼女の日課だ。

『お父さまとお母さまのところにつれていってください』

毎日心の中で唱えていたその願い事を、この夜は違うものに変えた。

（神さま、おねがいです。どうかあの天使さまに、もういちどあわせてください……）

自分を助け、救ってくれたあの美しい少年に、また会いたかったのだ。

神に願いが届いたのか、その少年は再びピオニーの前に現れた。

翌日、なんとなく彼と出会った場所へ行ってみたピオニーは、そこに立つ美貌の天使を再び見つけることができた。

「あっ！　天使さま！」

大喜びで仔犬のように駆け寄ると、彼は少し眉根を寄せていた。この間もこんな表情をしていた気がする。

「私は天使ではない」

「あっ……」

そういえば真っ先に否定されたのだった、と思い出し、ピオニーは手で口を覆ったが、すぐに困った顔になる。

「でも、ピオニーはあなたのおなまえを知らないの」

そういえば聞いていなかった、と彼を見上げると、少年は眉間の皺を深くしていた。

名前を訊いてはいけなかったのだろうか、とオロオロと視線を彷徨（さまよ）わせていると、少年がポツリと呟く。

「私には名前がない」

「………え？」

言われていることの意味が分からず、ポカンと口を開けてしまった。

すると彼は相変わらず無表情のまま、もう一度同じことを繰り返す。

「私には名前がないのだ」

「そ、そんなことって、あるの？」

名前は誰にでも付いているものだと思っていた。ピオニーにも、母にも、父にも付いていたし、普段「うばや」と呼んでいる乳母にもコンスタンスという名前があると、六歳のピオニーでも知っている。うばやが庭で飼っている雌鶏にもブォナペという名前がある。ピオニーが付けたのだが。

啞然とするピオニーの様子に、彼はコクリと首肯した。

「そんな……じゃ、じゃあ、お父さまやお母さまには、なんて呼ばれているの?」

「父も母もいない。いるのはナンシーだけだ」

その答えに、ピオニーはえっと口を大きく開く。

「あなたも、ピオニーといっしょなの?」

「……両親がいないという意味なら、そうだな」

淡々と肯定する彼に、ピオニーの中に泣きたいような衝動が広がった。

彼が自分と同じ境遇であることに驚いたし、その上で、領主である叔父を怖がらずに手を貸してくれた勇気や優しさを改めて実感して、胸がいっぱいになったのだ。

その気持ちに任せて、ピオニーは腕を広げて彼に抱き着く。

「っ!」

「ありがとう!」

狼狽えたようにびくりと身体を震わせる彼に構わず、ピオニーは抱き締める腕にぎゅうぎゅうと力を込めた。自分がこれまで、悲しくて寂しくて仕方なかった時、こうして誰かに抱き締めてもらいたかったことを思い出したからだ。

「だいじょうぶよ。ピオニーは、あなたをひとりにしないから。いっしょにいるから」

言葉にしたのは、全て自分が言ってほしかったものばかりだ。

約束が欲しかった。

もう悲しみや、孤独を感じなくて済むように……。

彼はしばらく何も言わなかった。だが抱き着くピオニーを拒んだりもしなかったので、ピオニーは自分のしたいようにすることに決め、小さな手を伸ばして、ヨシヨシと彼の背中を撫でてやる。母が生きていた頃、そうされるのが好きだったから。

一瞬身体を強張らせた少年は、けれどすぐに力を抜いて、自分も同じようにピオニーの背中をさすり始めた。

抱き締め合って、互いに背中を撫で合うという奇妙な状況になったが、ピオニーにとってはとても心地好い感触だった。彼の身体は温かかったし、匂いも好きだった。なにより、背中を撫でてくれる手の優しさは、両親が亡くなって以来、初めてピオニーに安心感を与えてくれた。

「君がどうしているか、何故か気になったのだ」

唐突に言われて、ピオニーは顔を上げる。

目の前に、彼の瞳があった。夏の宵闇（よいやみ）のような藍色がきらめいている。

「うばやの熱は下がったか？」

彼が自分のことを心配してくれていたと分かって、ピオニーは微笑んで頷く。

「さがったわ。もうすっかり良くなって、けさは、ミルクがゆを作っていたの！　だから、きょうはピオニーも朝ごはんを食べられたわ！」

うばやが臥せっている間、ピオニーも食事にありつけなかったのだ。昨日、ユキノシタを探しながらそう言ったら、彼が少し眉根を寄せていたから、安心させようとして言ったつもりが、彼がまた困った顔になったので、ピオニーは慌ててしまう。

「あ、あの……？」

「これを」

焦るピオニーから身体を離し、彼は自分の上着の懐を探って何かを取り出した。白いナプキンに包まれたものを差し出され、恐る恐る受け取ると、中から美味しそうな焼き菓子が出てきた。

「あっ……うわぁ！　クッキー？」

「ナンシーが焼いたものだ。間食の時間に出されたが、食べたくなかったので隠しておいた」

ああ、とピオニーは納得する。ピオニーももっと小さかった頃、嫌いな食べ物が出された時、彼のようにナプキンに包んで隠したことがあったから、きっとそれと同じだ。

「クッキーがきらいなの？」

甘いお菓子が嫌いな人がいるなんて信じられない、と驚きながら訊ねると、彼はしばらく考えるように沈黙した。それからピオニーの顔を見て、唇を動かしてから、次に声を出して喋る。一連の仕草を見ていたピオニーは、まるでブリキのおもちゃのようだと思った。

「……嫌いか、など、考えたことがない……」

「だって、クッキーを食べたくなかったって……。それって、きらい……じゃないの？　それとも、おなかがいっぱいだった？」

指摘すると、彼はゆっくりと目を閉じて、開く。

「……満腹ではなかった。朝食を食べて時間が経っていたから」

「じゃあ、やっぱりクッキーがきらいなのよ」

ピオニーは自信満々に言った。お腹が空いているのに、好きな物を食べないなんてあり得ないからだ。

彼はまた少し考えて、コクリと首肯する。

「甘い物は、よく隠して捨てるから、そうなのかもしれない」

「ええ!?　もったいないわ！　ピオニー、甘いおかし、だいすきよ！」

ピオニーが両手を握って言うと、少年はそれを真似るように自分も両手を握った。まるで鏡を見ているような動きだ。

「……ならば、今度から、捨てずに君にあげよう」

「ほんとう!?」

パアッと顔を輝かせると、少年は一瞬目を見開いた。

「これ、もらっていいの？」

そう訊ねながらも、ピオニーの目はクッキーに釘付けだ。今の話の流れから、このクッキーをもらえるのだと分かったから、もう食べたくて仕方がなくなってしまった。

森の小屋に住むようになってから、甘いお菓子など口にしたことはない。甘い物どころか、日々の食事にも事欠く有様なのだ。うばやは乳母としての仕事はできるが、元々下級貴族の出であるらしく、家事などはあまり得意ではない。年齢もあって自分でお金を稼ぐことはできず、叔父の家から支給されるわずかな食料を当てにして生活していた。

半年ぶりに見たお菓子は、今のピオニーにとって夢のような食べ物だ。

涎を垂らさんばかりのピオニーに、少年は短く「ああ」と答えた。そしてピオニーの手を取ると、木陰まで連れて行ってくれる。土の上に自分の上着を敷き、そこにまずピオニーを座らせてから、自分も腰を下ろした。

少年にクッキーを手渡され、ピオニーは待ってましたとばかりに大きな口を開けて頬張る。

バターの香ばしさとキャラメルの甘さが口の中に広がった。久々の甘味に、ピオニーの顔に蕩けるような笑みが浮かぶ。

「おいしい！」

感動のあまり感想が大声になったが、彼は何も言わずピオニーをじっと見ている。動物を観察するかのような眼差しだ。だが、ピオニーは気にならなかった。少し風変わりだが、天使のように美しい彼のことを好きだと思ったし、なにより甘いクッキーがおいしい。

おいしくて、嬉しくて、ピオニーは一枚をあっという間に食べ終わり、次へと手を伸ばす。大きなクッキーは五枚も入っていたのに、気がつけば残り一枚となっていた。

最後の一枚はうばやに取っておこうと考えて、そういえば彼に一枚も分けていないことに気づく。甘い物は嫌いだと言っていたからきっと要らないのだろうけれど、彼のおやつをもらっているのだから、代わりに何かあげるべきなのではと思い至った。

「あの……天使さまは、なにがすき？」

唐突な質問だったようで、無表情ながらも、少年の目に不思議そうな色が浮かぶ。

「クッキーがきらいなんでしょう？　じゃあ、なにがすき？」

「……シュートルメンデ」

「え？」

聞いたことのない名前に、ピオニーは目をパチパチとさせた。そんな彼女を見て、少年はもう一度同じ言葉を繰り返す。

「シュートルメンデ。アーモンドクリームとカスタードクリームを詰めたパイのことだぞうだ。上に粉砂糖が山のようにかけてある」

「うわぁ……！」

想像するだけで美味しそうだ。思わず涎が出そうになったが、慌てて口を閉じた。六歳でも、涎を流すのがみっともないことくらいは分かっている。

「あれ、でも、それってあまいんじゃ……」

彼は今しがた、甘い物が嫌いだと言っていたはずだ。今、ピオニーの頭に浮かんでいるのは、どう考えても甘いお菓子だったが、もしかしたら違うのだろうか。

ピオニーの言葉に、少年は神妙な顔で頷いた。

「甘い、のだろうな。私は食べたことがないから、正確には分からないが」

「え……？　だって、いま、すきなたべものって……」

食べたことがないのに好きだということだろうか。そして甘い物が嫌いなのに、甘い食べ物が好きだと言う――？

まったく意味の分からない会話に、すっかり混乱してしまっていると、彼がふわりと視線を上げてどこか遠くを見ながら言った。

「好きな食べ物を訊かれたら、そう答えろとナンシーが言った」

「――」

ピオニーは言葉が出なくなってしまう。

（……それって、うそをつくってことだわ……）

ピオニーは、両親から「嘘はいけないことだ」と教えられた。嘘をついて怒られたことだってある。それなのに、目の前の少年は、嘘をつけと教えられているのだ。

それ以上に奇妙に感じたのは、好きでもない物を好きと言えと、他人に無理じいされていることだった。好きどころか、彼は嫌いな物なのに。

「そんなの、へんだわ」

つい、思ったことが口から零れ落ちた。

少年は遠くへやっていた視線を、おもむろにピオニーに戻す。

「……変？」

鸚鵡返(おうむがえ)しをされて、ピオニーは彼に挑むような視線を向けた。

「だって、天使さまはあまいもの、きらいなのに。すきっていわなきゃいけないなんて、へんよ。ナンシーに、シュー……なんとかは、きらいだって、いったほうがいいわ！　そうじゃなくちゃ、天使さま、きっときらいなものばっかり食べさせられちゃう！」

ちなみに、ピオニーはトマトが嫌いだ。中のどろっとしたすっぱいものが苦手なのだ。トマトを好きと言わなければならず、その上無理やり食べさせられることを考えただけで、涙が出そうになる。拷問のような想像に、プルプルと身を震わせながら涙目になるピオニーに、少年がフッと吐息を漏らした。

「……そう、か。変か……」

囁（ささや）くような声に視線を上げたピオニーは、少年が口元を緩ませて微笑んでいるのを見て、パカリと口を開けてしまう。

これまであまり表情を変えなかった少年が、ほのかにでも感情を表に出しているのを、初めて目の当たりにしたからだ。

お人形みたいだと思っていたどこか冷たい印象の美貌が、血の通った美しさに変わり、ピオニーの目を奪う。

ポカンと見惚（みと）れていると、少年はハッとした表情になって、笑顔を引っ込めてしまった。

それが残念で、ピオニーは彼の手を取って言う。

「天使さま、とってもすてきだわ。ピオニー、今の笑ったおかおのほうがすき」

だからもっと見せて、とせがむと、少年は目を丸くした後、狼狽えたように片手で口元を覆う。

「……ダメだ。ナンシーにはあまり表情を出すなと言われているのだ」

「どうして？」

うばやにそんなことを言われたことがなかったピオニーは、訳が分からず首を捻（ひね）った。

するとしばらく考えてから、彼もまた首を捻ってみせる。

「……どうしてだろう。そんなこと、考えもしなかった」

その返事がなんとなくおかしかった。多分、自分よりも年上で、ずっとしっかりして見える彼が、自分と同じような心許ない答えを言ったせいだろう。

ふふ、と笑いが漏れると、彼は途方に暮れたような顔になった。

「ピオニーは、笑ったおかおを、もっと見せてほしいわ」

にこにこと笑いながら言うピオニーを、少年は青い瞳でじっと見つめる。何か考えているのだろう。ピオニーにはまだ分からない、難しいことをたくさん知っている彼だ。いろんなことを考えられる賢い頭を持っているのだ。

ややあって、彼は納得できる答えが出たのか、ゆっくりと首を上下させた。

「……そうか。ならば、君の前ではそうしよう」

「ほんとう？」

彼がまた自分に笑いかけてくれると思うと嬉しくて、ピオニーは摑んでいた彼の手を持ち上げて、その掌に頬ずりをする。亡くなった母がよくこうしてくれたのだ。嬉しい時や楽しい時に、母はよくこうやってピオニーの顔に触れて、「幸せのおすそ分けをしてちょうだい！」と言っていた。

ピオニーにとっては幸福の象徴のようなその仕草は、しかし彼にとっては意外なものだったようで、不思議なものでも見るようにピオニーを凝視する。

「なぜ、私の手に顔を摺り寄せるんだ？」

「こうすると、ピオニーの幸せが、あなたにもうつるからよ」

　何を当たり前のことを、と思いながら説明すると、少年は「そうなのか？」とまた驚いた顔になった。

「ほんとうよ。お母さまが言っていたもの」

「そうか。それなら、本当なのだろう」

　少年はアッサリと納得し、今度は両手でピオニーの顔を包んだ。

　ぷくぷくとした幼子のほっぺたを、少年のすべらかな手がサワサワと擦るように撫でる。ちょっとだけくすぐったいけれど、その感触は心地好かった。

　ピオニーはうっとりと目を閉じる。

　彼の手は温かく、少し檜（ひのき）のような緑の匂いがした。

「……本当だ。少し、私も嬉しいような気がする」

　彼の言葉に目を開くと、柔らかく微笑む天使のような美貌がある。ピオニーは嬉しいのと、眩（まばゆ）いのとで、目を細めた。

「ね？　ほんとうでしょう？」

「ああ。……不思議だな」

　彼はそう言って、ピオニーの額に唇を落とした。

　ふに、という感触に、ピオニーはびっくりして、目の前の美しい顔を覗き込む。すると少年の方もびっくりした表情をしていた。

「どうして？」

「……どうしてだろう。……なんだか、……身体が、勝手に動いたのだ」

呆然と呟く彼の姿に、懐かしい母の顔が重なる。外見はまったく似ていないのに、どうしてだろうか。

（……お母さま……）

母や父のことを、なるべく思い出さないようにしていた。思い出せば泣いてしまうからだ。ピオニーが泣くと、うばやも泣く。叔父に見つかれば、また打たれてしまうかもしれない。だから泣いてはダメなのだと、自分を戒めているのだ。

両親を想うのは、夜眠る前、神様にお祈りをする時だけだ。ピオニーのベッドに叔父が来ることなんてあり得ないし、シーツの中に潜り込んでしまえば、ピオニーが泣いているなんて、うばやは気づかないから。

「……あなたって、ほんとうにすてきだわ。ピオニーのお母さまもね、ほっぺたをムギュッてした後に、そうやっておでこにキスをしてくれたのよ」

大好きだった母と同じことをしてくれるこの少年が、ピオニーの中で一層特別な存在になっていく気がした。

（天使さまって、お母さまみたい……）

母を求める幼い心が、彼へと急速に傾いていく。

それと同時に、母のいない現実が浮き彫りにされた。どんなに母のようだと感じても、彼はどうしたって母ではない。――母は、父は、死んでしまったのだから。

両親を恋しいと思う気持ちが膨れ上がり、喜びと悲しみが同時に湧き起こって、ピオニーの胸にじわりと痛みが染みていく。

「そうか」

言葉は少ないし、ぶっきらぼうな物言いだけれど、少年の眼差しは優しい。彼に見つめてもらえるだけで嬉しい。それなのに、切なかった。自分でも言い表せない感情に呑み込まれるのが怖くて、それを振り切るように、ピオニーは一生懸命話を続けた。

「ピオニーのお母さま、とってもいい匂いがしたの。それにきれいで……あのね、ピオニーはお母さまと同じ色の髪と、おめめをしているの」

「……君の瞳は……翡翠（ジェイド）のような深い色だ。髪の色は炎のような赤銅色（しゃくどういろ）で、とても鮮やかだ。……美しいな」

ぎこちなく褒めながら、少年はピオニーの頭を撫で、絡まったくせ毛を解（ほぐ）すように手で梳（す）いてくれる。その仕草にまた母を思い出して、ピオニーの胸が軋み始めた。

「だから、お父さまが、ピオニーはきっとお母さまみたいなびじんになるって……」

思い出を振り返っているうちに、堪えていた感情が、とうとう漏れ出してしまった。

じんわりと目頭が熱くなり、喉が震える。

涙の絡んだ語尾に気づいた少年が、ピオニーの頬を摑んでいた手を傾け、自分の方に向けた。うるうると揺らめく翡翠色の瞳を見て、また彼の眉間に皺が寄った。

「どうした？　何故泣いている？」

気遣うようにそっと囁かれて、零れ落ちずに済んでいたピオニーの涙の膜は、アッサリと決壊する。ボロボロと大粒の涙が立て続けに零れ落ち、ピオニーは大きな声で泣き出した。

「おっ、おかあっ、さまにっ、あいたいっ……！　おと、う、さまに、あいたいっ……！」

ずっとずっと、心の中で願っていたことだった。両親が馬車の事故で亡くなってから半年、両親に会いたいと願わない日はなかった。

だがそれを吐き出せば、うばやが泣いた。

『お嬢様、おかわいそうに。どうしてこんな目に……。侯爵様も、奥様も、どうしてこんなに愛らしいお嬢様を置いていってしまわれたのか……！』

ピオニーよりもさめざめと泣くうばやは、その後で必ず叔父たちの悪口を言った。

『あの性悪な非嫡出子め！　本来ならなんの権利も持たないくせに、こともあろうに侯爵令嬢であるお嬢様を屋敷から追い出すなんて！　生前の侯爵様にさんざん金をせびっていたくせに、なんという恩知らずの極悪人か！』

ピオニーはうばやが叔父の文句を言うのが怖かった。叔父に知られれば、きっと厳しい罰を与えられるからだ。大好きなうばやが打たれるなんて、絶対に嫌だった。だからピオニーは、うばやの前では泣かないようになった。

でも本当は、泣きたかったのだ。

自分の悲しい気持ちを、苦しい気持ちを吐き出して、誰かに受け止めてもらいたかった。

「……ピオニー……」

おいおいと泣くピオニーを、少年が包み込むように抱き締めてくれる。

身体を丸めて啼泣し、震える小さな背中を、少年の手がそっとさすった。

「ピオニーはっ、わるいこ、だからっ……天国に、つれてって、もらえないっ……」

「そんなことはない。ピオニーはいい子だ」

彼は否定してくれたが、ピオニーはぶんぶんと頭を振る。

「だって、おじさまがっ……おばさまが、いったもの。おまえがわるいこだから、お父さまとお母さまが死んでしまったんだって……。だから、ピオニーはおやしきに置いておけないんだって……！」

両親は、ピオニーの六歳の誕生日のプレゼントを買いに王都に向かい、その途中、馬車の事故で亡くなった。

（ピオニーが、お人形なんか、ほしいといったから……！）

王都で流行っているという陶器人形が欲しいと強請ったから、両親は王都へ行ったのだ。

ピオニーがワガママを言わなければ、両親は死ななくて済んだのに。

「ピ、ピオニーが、いけないの……ピオニーの、ワガママのせいで、お、お父さまと、お母さまは、じこで、し、死んでしまっ……」

「ピオニー！」

泣きじゃっくりを上げながら懺悔するピオニーを、鋭い声が遮った。

大声にびくっと身を揺らし、ピオニーは口を噤む。涙がボロリと両目から落ちて、歪んでいた視界がクリアになった。

少年が強い眼差しでこちらを見据えている。

「君は悪くない。ご両親が亡くなったのは不運な事故だ。君は関係ない」

彼はキッパリと言った。一言一言、ゆっくりと、ピオニーの中に刻むように。

彼の形の良い唇が動く様を、ピオニーはどこかぼんやりと見つめた。彼が――自分だけの天使が言うのならば、信じてもいいのではないか。そんなふうに思える。

「……ピオニーは、わるくない？」

鸚鵡返しをすると、少年はしっかりと頷いた。

「そうだ。ピオニーは悪くない。それに、ピオニーは良い子だ」

「ピオニーは、いいこ……」

じわり、とまた涙が込み上げる。止まっていたしゃっくりがまた戻って来て、ピオニーはヒクヒクと喉を鳴らしながら泣いた。

「いいこ、じゃない……。だって……だって、ピオニーは、お父さまと、お母さまに、会いたいっ……！　も、もう、会えないって、うばやがいうのに、でも、会いたいっ……！　会いたいんだもんっ……！　お、お母さま……！　お父さま……！」

本当は分かっている。父と母は死んでしまった。だから、もう会えないのだと。

皆、どうしようもないのだ。ピオニーが泣いても叫んでも、両親は生き返らない。うばやにも、樵のおじさんにも、屋敷の使用人たちにだって、どうにもできない。

ピオニーを抱き締めてくれた腕も、頬を包んでくれたあの手も、キスをしてくれたあの唇も、もう二度と触れられないのだ。

「わあああ……！」

それは慟哭（どうこく）だった。

幼いピオニーは、この時ようやく、その悲しい事実と向き合っていた。その事実が悲しくて、切なくて、泣き叫ばずにはいられなかった。

「ピオニー。どうか泣かないでくれ……。君が泣くと、私も……悲しい」

少年が懸命に声をかけるが、悲しみに押し潰されそうになっているピオニーには届かない。ただひたすら、身体中の水分を涙にしてしまうように、延々と泣き続ける。

少年はピオニーを抱き締め、背中や髪を撫でさすってくれた。

彼の手はどこまでも優しかった。まるで少しでも彼女の痛みを和らげようとしているかのようで、その動きと温もりに、ピオニーの中で荒れ狂っていた感情が少しずつ凪いでいく。

やがて啼泣は啜り泣きに変わり、小さなしゃっくりになった。

泣き疲れたピオニーは、全身をくったりと彼に預けてぼんやりとしていた。

自分よりも五つぐらい年上だろうか——両親と比べると決して広くはないのに、彼の胸はとても安心できる場所に思えて、不思議だった。

「……天使さまのだっこ、お母さまとお父さまのだっことおなじだわ……」

考えていたことがそのまま口をついて出た。

ピオニーの独り言を拾った彼が、フッと小さく笑う。

「そうか。……では、私がなろう。君の両親に」

その台詞に、ピオニーは閉じていた目を開いた。泣きすぎたせいでひどく瞼が重かったけれど、なんとか彼の顔を見上げる。

彼は困ったように眉間に皺を寄せていた。よく見る彼らしい表情だ。

「……ピオニーの、お父さまとお母さまになってくれるの……？」

「……変だろうか？」

少し自信のなさそうな声で訊ねられ、ピオニーはすぐに首を横に振る。

変かと問われれば、変に決まっている。ピオニーの両親と彼は別人だし、彼が両親になれるはずもない。

だが、それでもピオニーは嬉しかった。

今自分を抱き締めて慰めてくれるこの腕は、確かに自分の両親と同じ温もりだったから。

「へんじゃない。ぜんぜん、へんじゃないわ！　ピオニーは、天使さまに、お父さまとお母さまになってもらいたい！」

勢い込んで言った言葉に、彼はホッと息を吐いた。

「そうか。なら、今から私は、ピオニーのお父様で、お母様だ」

「そしたら、天使さまは、いまからザカライア・ミリアンヌね！」

弾んだ声で言ったピオニーに、少年は呆気に取られた顔をする。

「ザカライア・ミリアンヌ？　それは誰？」

「天使さまよ！　天使さまのおなまえ！」

ピオニーの答えに、彼は一瞬言葉を失ったようだった。

きれいなアーモンド形の目が大きく見開かれ、言われていることの意味が分からないといった様子で、ピオニーの顔を見つめている。

「……私の、名前……」

まるで確かめるように呟いた彼に、ピオニーは大きく頷いた。

「だって、天使さまはおなまえがないんでしょう？　それはおかしいもの。だから、ピオニーがつけてあげる！　ザカライアはお父さま、ミリアンヌはお母さまのおなまえなの。天使さまはお父さまでお母さまだから、ザカライア・ミリアンヌ！」

ね、いい名前でしょう？　と同意を得ようと改めて見上げると、彼は未だ呆然としたままだった。もしかして気に入らない名前だっただろうかと焦ってしまい、慌てて付け加える。

「あ、あの、イヤだったらいいの。べつのおなまえにしましょう？　どんなおなまえがいい？」

焦るピオニーに、彼はキッパリと言った。

「――いや。それがいい。君が付けてくれた名前が」

「え……」

唐突な変化に戸惑っていると、彼はにっこりとピオニーに笑いかける。

それは今まで見た中で、一番美しい笑顔だった。

「ザカライア・ミリアンヌ。良い名前だ。私は今日から、君の家族、ザカライア・ミリアンヌだ」

君の家族――その言葉に、ピオニーの中で喜びが膨らむ。

「……うん！　ザカライア・ミリアンヌは、ピオニーのかぞく！　ピオニーとザカライア・ミリアンヌは、かぞくだね！」

互いに両親のない自分たちが家族になるのは、正しいこと、そして素晴らしいことだと思えた。

「私は君を一人にはしない。誓おう、私のピオニー」

「ずっといっしょ？」

「ああ、ずっと一緒だ」

「……うれしい！」

新しい家族を得た喜びに、ピオニーは笑った。両親を喪って以来、初めて心から笑えたように思えた。

第二章

ゴーン、ゴーン、ゴーン——。

教会の鐘が重々しく鳴り響く音に、ピオニーは小さく舌打ちをした。

「早くしないと、またあの陰険なシスター・グレンダに昼食を抜かれちゃうわ」

午前の授業の後、敷地内の掃除をするのがこの学院の日課だ。シスター・グレンダは気に食わない生徒に手のかかる場所を割り当てるのだが、それは大抵ピオニーだったりする。

ピオニーの所属するこの聖クラランス女学院では、修道女(シスター)が教鞭を執(と)り、学生たちを指導している。そのシスターの内の一人に、ピオニーは目の敵(かたき)にされているのだ。

今日も百合園の掃除を言いつけられた。百合園は広い上に、食堂から一番遠い。

戒律に厳しく、時間厳守を求められるこの学院では、正午の鐘の後、十分(じゅっぷん)を過ぎても食堂へ来なかったら、昼食を食べさせてもらえない。

掃き掃除を終え、手にしていた箒(ほうき)とちりとりを抱えるように持ち直すと、小走りで駆ける。淑女は走ってはならないとされているが、この時間は昼食を摂るために、皆食堂へ向かうから誰も見ていないはずだ。

　この女学院は、シスターを目指す八歳から十八歳までの女子が通っている。とはいえ、女性のための学校がまだ数少ないこの国では、嫁入り前の貴族の娘たちが、行儀作法や教養を学ぶ場にもなっていて、そういった娘たちは当然、卒業してもシスターになったりはせず、同じ貴族の男性のもとへ嫁いでいくのだ。

「まあ、私は違うけれど……」

　ピオニーは小さく独り言つと、自嘲めいた笑みを吐き出す。

　ピオニーは、卒業後、シスターとなる道を選んだ。

　けれど貴族でありながらシスターを目指す——その事実が癪に障る人たちもいて、その筆頭がシスター・グレンダというわけだ。

（……その気持ちは分からないでもないけれど）

　ピオニーは箒とちりとりを片付けに、用具室へ足を向けながら思う。

　ピオニーは神を信じていない。神がいるのなら、ピオニーの両親を死なせたりはしなかったはずだから。そもそも、ピオニーが何故この女学院にいるのかと言えば、叔父に強制的に入れられたからだ。

　あれはピオニーが七歳になるかならないかの頃。

叔父である現マーシャル侯爵が、亡くなった兄の娘であるピオニーを、領地の森の狩猟小屋へ追い払って虐待しているという噂が立ったのだ。実際その通りだったのだが、外聞を憚(はばか)った叔父は、慌ててピオニーをこの女学院へ放り込むことで取り繕った。

可愛がってくれたうばやとも、そして仲良しだった友人とも引き離されて、ピオニーは毎日泣き暮らした。

だが情けないかな、ピオニーには状況を打破する力などなく、以来十一年間、この女学院で暮らしている。

神を信じなくなったのは、この女学院に放り込まれたせいもある。

女だけが生活する空間では、どうしてか陰湿ないじめが横行する。

侯爵令嬢とは名ばかりの、ほとんど平民も同然のピオニーは、貴族、平民のどちらからも嫌がらせを受けた。同級生、上級生だけでなく、教師からも理不尽な目に遭わされると、神の存在など信じられなくもなる。

自分を律してやり過ごし、毅然とした態度と圧倒的な学力をもって周囲に認めさせ、切り抜けてきたピオニーにとっては、神の慈悲だの奇跡だのは、子ども騙しのお伽噺(とぎばなし)でしかなかった。

それなのにシスターに志願したのは、卒業後の行き場所がないからだ。

領地には叔父がいて、ピオニーが戻る場所などないだろうし、かといって他に頼る当てもない。

貴族の娘たちは、卒業したら社交界デビューが待っていて、そこで相手を見つけて結婚するのが通例だが、ピオニーには望むべくもない。叔父が社交界のためのピオニーのドレスに金を出すとは思えないし、結婚のための持参金などもっての外だろう。

それどころか、あの能無しの叔父が領地の経営などまともにできているとは思えないから、きっと家計は火の車になっているはずだ。

このまま卒業し、平民として市井に混じることも考えたが、年若い娘が一人で街に出たところで、危険しか待っていないだろうことは、世間知らずのピオニーにも分かる。

それくらいなら、大人しくシスターになる方がいいと結論付けたのだ。

こんな打算的な考えから神の道へと進もうというのだから、その不信心さが透けて見えていて、シスター・グレンダの癇に障るのかもしれない。

ため息を吐いて用具室に箒とちりとりを片付けると、パンパンと手の埃を払った。

「さあ、早く食堂へ行かなくちゃ……」

そう言って踵を返した瞬間、遠くの方でカランコロンというハンドベルの音が聞こえてきた。――昼食締め切りの鐘の音だ。

「嘘でしょう……？」

ピオニーは呆然と呟き、その場にヘナヘナと蹲る。これで今日も昼ご飯を食べ損ねたというわけだ。

「……お腹空いた……」

清貧を美徳とする女学院の食事の量は少ない。朝にライ麦のパンとチーズを食べただけの胃袋は、貪欲に次の栄養を欲していた。

「……どうせ、今日ハンドベルを握っているのは、あの根性悪なんだわ……」

ピオニーが食堂へ来る前にいそいそとハンドベルを鳴らすシスター・グレンダの得意げな顔が、容易に思い浮かぶ。

はあ、ともう一度ため息をついて、ピオニーは自分の腹をさすった。

空腹は嫌いだ。空腹は、昔のことを思い出させるから。

満足に食べられないひもじさは、両親を亡くした孤独と、その後に得た幸福な記憶に繋がっている。

一瞬、脳裏を過った白金の輝きを、ピオニーは頭を振って追い払う。

(……ダメよ。思い出しては)

過ぎ去ってしまったものに対する憧憬は、この先を無為に生きていくためには害にしかならないと、これまでの経験から嫌と言うほど学んできた。

「前を見るのよ、ピオニー・ガブリエラ・マーシャル」

自分の先に広がるのは、灰色の光景だ。だがそこで生きていかねばならない以上、あの輝かしい日々を思い出してはいけない。

はあ、と今日何度目になるか分からないため息を零して、ピオニーは立ち上がる。

どうせ昼食にありつけないのであれば、誰も来ない場所で昼寝でもしてやろう。

そう決めると、礼拝堂へと足を向けたのだった。

＊＊＊

森の緑の隙間から零れるように差し込む木漏れ日は、いつか読んだ絵本に出て来た妖精に似ているな、とピオニーは思った。

木の葉が風にさざめくたびに、ちらちらと瞬いて、まるで小さな生き物が踊っているみたいに見えるからだ。

緑の色を纏った光の妖精が、彼の白金の髪にじゃれついて纏わりつく様を、ピオニーはうっとりと見つめていた。

彼の髪は、太陽が放つ光そのもののようだ。

細く、真っ直ぐで、自ら発光しているかのように輝いている。

くねくねして言うことを聞かない、自分のニンジンのような赤毛とは雲泥(うんでい)の差だ。

『いいなぁ、ザックは』

ピオニーは呟く。

自分がつけた「ザカライア・ミリアンヌ」という名前は、日常で使うには少々長すぎて、普段は愛称を使うことにした。彼は「ザカライア・ミリアンヌ」という名前もとても喜んでくれたが、この愛称もたいそうお気に召したようで、ピオニーが呼ぶたびに嬉しそうに微笑んでくれる。

『何がいいのだ？』

ザックはピオニーのどんな言葉も聞き逃さない。

どんなに小さな呟きでも、たとえ独り言でも応えてくれるのだ。時には歌にも応えてくれたりする。そんなふうに自分を見ていてくれる存在は、うばや以外には彼しかいなかった。

だから羨ましいと思う時ですら、ピオニーはニコニコと笑ってしまうのだ。

『だって、ザックはとってもきれいなんだもの！』

言いながら、ピオニーは飛びつくようにして彼の胸にしがみつく。

――ああ、いい匂い。

ザックの匂いだ。少し檜に似た、緑の匂い。

出し抜けに抱き着いても、ザックは決して怒ったりしない。ピオニーの頭と背中に手を回し、そっと抱き締め返してくれる。

『私が？　きれいなのは君だ、ピオニー。君はこの世の何よりもきれいで、可愛い。私だけのピオニーだ』

ピオニーは満面に笑みを浮かべた。ザックのこの台詞が大好きだった。

私だけのピオニー。

これと同じことをピオニーも思っていた。ピオニーだけのザカライア・ミリアンヌ。

『だいすき、ザック！』

『私も君が大好きだ』

二人は家族だ。唯一無二の家族。誰も二人を引き離せない。

ザックと一緒に過ごす時間は、信じられないほど充足していた。それ以上は何も要らなかった。

彼がいればいい。そして彼にも、自分がいればいい。

それだけで良かった。

――この幸福が、永遠に続くのだと思っていた。

その時、ふうっと周囲が陰り、森は唐突に夜の帳が落ちる。

いつの間にかザックの姿も消えていた。

新月の闇の中、ピオニーはザックを探して泣きながら歩いた。

『ザック！　ザック！　どこ!?』

探せど探せど、彼の姿は見つからない。当たり前だ。月のない闇夜の中では、人間の目には、黒々とした木々が見えるだけだ。

それでも、ピオニーは彼のもとへ行かねばならなかった。

明日には叔父によって、遠くの女学院へ入れられてしまうのだから。

『行きたくない……！　離ればなれは、もういやよ、ザック……！』

父も母もいなくなった。

その代わりザックが来てくれたのに、また離されてしまうなんて。

彼のいない生活など考えられない。考えたくもない。

それほどに、彼はピオニーにとって、大切な人になってしまったのだ。

——ザック……！　会いたい！　ザック……。

「ザック！」

泣きながら叫んだピオニーは、自分の声にギョッとして目を覚ました。

ガバリと身を起こせば、そこは礼拝堂の懺悔室の中だった。懺悔台に突っ伏して昼寝をしていたのだと思い出し、ピオニーはホッと息を吐き出す。

胸元に手を当てると、まだ心臓がバクバクと音を立てていた。じっとりと汗もかいていて、コットンのシュミーズが肌に張り付いているのが分かる。

「……いやだわ、あんな夢で……」

ぼそりと呟いて、目尻の涙を拭った。

ザカライア・ミリアンヌ——父と母の代わりに自分を愛してくれた、ピオニーの唯一無二の存在。

この女学院に入れられる前日、夜中に狩猟小屋を抜け出して、あてもなく彼に会いに森の中へ行ったけれど、結局会えずに終わってしまった。

あれだけ一緒の時間を過ごしたにもかかわらず、ピオニーは彼の素性を何一つ知らなかった。彼の住んでいる場所も、彼の本名すら。名前がないなんて言っていたけれど、今思えばそんなことはあり得ない。きっと言えない事情があったのだろう。

（ザックはそれなりの身分の子どもだったのではないかしら……）

子どもだったから気にしなかったが、記憶の中にある彼の服は、派手ではなかったけれど上等な物だったし、飢えた様子もなかった。それどころか、いつも腹を空かせていたピオニーに、自分がもらったお菓子などを分け与えてくれていた。田舎の農村で、毎日子どもに甘い物を与えられる家庭はそう多くはない。

（なにより、あの言葉遣い……）

子どもらしからぬ格式ばった口調は、そういう教育を受けた人でなければ身につかないものだ。

西南を山脈に抱かれたマーシャル侯爵領には多くの温泉が湧いており、貴族の保養地としても有名だ。貴族男性が別邸に愛人や婚外子を住まわせることも珍しい話ではないから、もしかしたらそういう子どもだったのかもしれない。

とはいえ、これらは全てピオニーの推測にすぎない。

この女学院に放り込まれた後、当たり前だがザカライア・ミリアンヌとの交流は絶えた。彼の住所も知らなかったので手紙すら書けなかったし、書けたとしても彼がピオニーに会いに来ることは不可能だ。なにしろここは男子禁制の女学院で、家族以外の男性との接触は、手紙に至るまで念入りに調べられるのだから。

それでも、彼との絆を信じて疑わなかった幼い頃は、いつか彼が迎えに来てくれるのだと思っていた。願えば彼に届くなどと信じて、毎日暇があれば「迎えに来て」と祈っていた。まるで、彼が自分の神様であるかのように。

実際には彼が神であるはずもなく、会えないまま一年、また一年と過ぎていって、奇跡の再会を願う気持ちは、いつの間にか消えてしまった。

期待することに疲れてしまったのだ。叶わない願いをいつまでも持ち続けるには、ピオニーは大きくなりすぎた。自分の置かれた状況を理解し、その先を生きていくためには、甘い砂糖菓子のような夢など、なんの役にも立ちはしない。

ピオニーは居眠りをしていたせいで乱れてしまった髪を整え直し、ドアを開いて懺悔室を出た。

ピオニーには午後からも勉強があって、昼食が食べられなかったからといってそれが免除されるはずもない。

やれやれ、と思いつつ薄暗い礼拝堂から外へ出て、午後の白い陽光に目を細めた。

居眠りをしたけれど、それほど時間は経っていないようだ。

「これなら間に合いそうね」

今日は午後から、バザーのためのサシェを作ることになっている。先週摘んで乾燥させたハーブやラベンダーを、小さな布の小袋に詰めていく単調な作業だが、良い匂いに包まれるのでピオニーは好きだった。

急ごう、と歩を進めた時、「ピオニー！」と名前を呼ばれた。

声の方を見れば、友人であるリコリスがこちらへ駆け寄ってくるところだった。

「ピオニー、やっぱりここにいたのね！　探したのよ！」

「リコリス、どうしたの？」

どうやら自分を探していたらしい。

「あなたが昼食に来ないから、どうしたのかと思っていたのよ。案の定、また昼寝をしていたのね」

艶やかな黒髪をきっちりと結い上げたリコリスは、キリッとした印象の細身の美人だ。

ソーン子爵家の次女で、卒業後は幼い頃からの婚約者との結婚が決まっている。

ピオニーはリコリスの台詞に頷くと、皮肉っぽく微笑んだ。

「だってまた百合園の掃除を言いつけられたんだもの。ベルに間に合わなかったわ」

肩を竦めて説明すると、リコリスは盛大に眉を顰める。

「あの人、本当に性格がひん曲がってるわよね」

「奇遇ね。同じことを思ったわ」

辛辣な物言いをするリコリスは、思ったことをそのまま口にしてしまうタイプで、貴族のわりに腹黒さがない。そんなところがピオニーと気が合って、一番の仲良しなのだ。

「それで？　リコリスはどうしてここまで迎えに来てくれたの？」

ピオニーが懺悔室で昼寝をしていることまで予想していたのなら、待っていればその内サシェ作りにやって来ると分かっただろうに、わざわざ迎えに来てくれたということは、なにか理由があるに違いない。

ピオニーの問いに、リコリスがポンと両手を打った。

「そうそう！　予定が変わったのよ。サシェ作りなんてしている場合じゃないわ、ピオニー！　高貴なお方が来るんですって！」

「え？　どういうこと？」

リコリスにしては珍しくはしゃいだ様子に、ピオニーは怪訝な顔になる。リコリスはとても良い友人なのだが、玉の輿願望が強いのが難点なのだ。伯爵家の次男坊との婚約が決まっているのに、より上位の男性が現れれば、あわよくば、などと考えているのである。

「シスターはハッキリとはおっしゃらなかったけれど、やんごとない身分のお方が、今からこの修道院に視察に来られるそうよ！　ねえ、誰だと思う!?　公爵様かしら！　王弟殿下かしら!?　それとも……まさかのまさかで、国王陛下!?　やだわ、もしそうだったらどうしましょう！」

前王が若くして急逝したため、現国王は生まれたその日から王座に就いた。つまり前王の命日と、現王の誕生日が同じなのである。その運命の子は、アーネスト・ジョージ・エドワード。二十二歳の若き王だ。

アーネスト王が幼い頃には、その母后であるメアリ王太后が摂政として助けていたが、成人後、母后はその座を退き、若き王の手に国の政治を委ねた。

そして現在、アーネスト王の統治下で、この国はかつてない繁栄を極めている。

更に言えば、アーネスト王は美丈夫としても有名だ。

『地上に降り立った英知の天使』、『建国の英雄王アレクサンドロスの再来』など、数々のきらきらしい異名を持つ、国民全てに大人気の国王陛下なのである。

「呆れた、あなたったら。国王陛下にはもう正妃様がいらっしゃるでしょう？」

ピオニーはヤレヤレと肩を竦めて言った。

妙齢の華やかな王様に妃がいないはずがない。二年前に隣国から嫁いできた正妃は、王の三つ年上の美女だそうだ。美貌の王と王妃は大変仲睦まじいことで有名だ。

「あら。だって、正妃様にはまだお子様がいらっしゃらないでしょう？　だったら私にもまだチャンスはあるってことじゃない」

「……それ、私にはない発想だから、返答はしかねるわね」

三年経っても身籠もる様子がなければ側妃を、という声が上がる可能性があるが、現段階でそんな夫婦の間に割って入るようなことなど、害のない夢想であってもあり得ないとピオニーは思うのだが、どうもリコリスは違うらしい。

「やぁね、ピオニーったら本当に堅物なんだから！　ねえ、そんなことより、シスターたちがお呼びよ！　その高貴なお方が、今年の代表生を見たいとおっしゃってるんですって！」

「ええ……？」

ピオニーはつい胡乱(うろん)な目をしてしまった。

代表生とは、卒業を控えたシスター候補生の中で、一番成績が優秀な者のことだ。

今年はピオニーが代表生に選ばれていた。

誰かは知らないが、そんな大物貴族の前に引き出されるなど、億劫(おっくう)でしかない。ピオニーにはリコリスのような玉の輿願望などないし、貴族とはあまり関わりたくないのが正直なところだ。なにしろ、貴族社会はどこで繋がっているか分からない。マーシャル侯爵の姪が修道女になろうとしているなどと噂が立てば、叔父が外聞を気にして、ピオニーをしぶしぶ呼び戻そうとしてくるかもしれない。

（今更あの叔父と暮らすなんて、とんでもないわ……！）

子どもの頃にされた仕打ちを忘れるには、ピオニーは記憶力が良すぎた。叔父から言われたこと、されたこと全てを、箇条書きで述べられるほどには、恨みは深いのである。

あからさまに面倒くさそうな顔をしたピオニーに、今度はリコリスが呆れた口調になった。

「ピオニーったら。代表生になったんだから、この程度のことは日常茶飯事になるわよ。なにしろ、この女学院に多額の寄付をしてくれるのはお貴族の皆さまなんだから。あなたがこれから生きていくためのお金を恵んでくださる方たちじゃないの。目一杯愛想良くして差し上げなくてどうするのよ」

親友からサラリと現実を突きつけられて、ピオニーはぐう、と押し黙る。リコリスは非常に現実主義者なのだ。

「おっしゃる通りですわ……」

「ま、当然ね。さあ、行くわよ。シスターがお待ちなんだから！」

がっくりと肩を落としたピオニーの手を引き、リコリスが元気よく歩き出した。その歩調に合わせて自分も歩きながら、ピオニーは先を行く親友の後ろ姿を眺める。

多少風変わりではあるけれど、ピオニーはリコリスを気に入っていた。自分も変わり者だからなのか、一緒にいてとても楽だったし、彼女との気の置けない会話は窮屈な環境の中での救いにもなっている。

(……リコリスが卒業してしまえば、私はまた一人になるのだわ……)

そう考えると、背中がうっすらと寒くなるような心地になった。

ピオニーの視線に気づいたのか、リコリスが振り返って首を傾ける。

「なぁに、じっと見たりして」

「……あなたって美人だなぁって思っていたのよ」

考えていたことを口にするわけにもいかず、適当なことを言ってごまかしたのだが、リコリスは皮肉っぽく笑った。

「何言っているのよ、後ろ姿を見ていたくせに。……でも、まあいいわ。お世辞でも嬉しい言葉だもの」

最後はいたずらっぽく微笑んだリコリスを、ピオニーは眩しく見つめた。

(……羨ましいだなんて、口が裂けても言えない……)

この先の未来に向かって飛び立とうとする親友を、自分は笑顔で祝福しなくてはならない立場なのだから。

せめて、自分の大切な人たちは、幸福でありますように。

そう祈るのが、ピオニーにできる唯一のことだ。

(大切な人たち、か……)

自分の思った言葉を反芻して、自嘲が漏れた。

ピオニーにとって大切な人なんて、片手で足りる数しかいない。

両親は亡くなってしまったし、育ててくれたうばやも、数年前に亡くなった。

ピオニーがここに入れられた後、うばやは近くに住む息子夫婦の家に身を寄せたらしい。季節ごとに手紙のやり取りをしていたけれど、ある時期からパタリと途絶えてしまった。心配していたところに、息子という人から手紙が来て、その死を知らされたのだ。

だから今、ピオニーにとって大切な人は、リコリスと、彼だけだ。

(――ザック……)

ザカライア・ミリアンヌ。正体不明の不思議な、ピオニーの友人。

たまに、実は彼は天使だったのではないかと本気で思うことがある。神を信じていないと言いながら何を矛盾したことを、と自分でもおかしくなるが、正体不明なことや、あの人間離れした美貌を思うと、そうであっても不思議ではない気がしてしまう。

なにより、両親を喪ったばかりで、自分の中の孤独を持て余していた幼いピオニーが心を壊さずに済んだのは、彼の存在があったからだ。

彼は今、どうしているのだろう。

（……会いたいなんて贅沢はもう言わない。けれど、どうか幸せでいて）

彼が幸せでいてくれることを想像するだけで、自分は生きていける。

それが結局は自分の願望をごまかすだけの思考だと、この時のピオニーはまだ気づいていなかった。


リコリスと共に応接室へと辿り着くと、そのドアの前にはシスター・グレンダが立っていて、こちらを見るなりツンと顔を逸らされた。

いつものことだったので気にせずにいると、小声で注意が飛んでくる。

「だらしのない顔を引き締めなさい。今から高貴なお方に代表生としてご挨拶させていただくのですからね」

元々こういう顔です、と文句を言いたくなったが、グッと堪えた。

「リコリス・ベサニー・モンタギュー、時間を守らない、怠惰な代表生を探して連れて来てくれてありがとう。あなたはもう戻っていいわ」

よく言う、とピオニーは白けた気持ちで聞いていた。ピオニーが昼食に遅れたのは、ほとんどがシスター・グレンダのせいだというのに。

シスターは高邁な精神を持つ者がなると思っていたが、そうではなかったのか。

（……まあ、私も人のことは言えないけれど……）

神を信じていないのにシスターになろうとしているのだから、非難する立場にない。

とはいえ、反抗的な気持ちになってしまう。

根性悪な顔とはこういう顔かと、シスター・グレンダをしみじみと見つめていると、背後からリコリスにこっそりと耳打ちされる。

「今、『根性悪婆（ババア）』って思っているでしょう？」

図星だったので驚いたが、かろうじて表情には出さなかった。この魔窟とも言える女学院で生きていくための処世術である。

「リコリス・ベサニー・モンタギュー！　あなたは戻りなさいと言ったはずですよ！」

嫌いな学生同士が目の前で仲良くしていることが嫌なのだろう。リコリスの耳打ちの内容は聞こえていないだろうに、シスター・グレンダがヒステリックな声を上げた。

「はいはい、分かっております。私はシスター・グレンダとは違い、若くて耳もいいので、そんな金切り声を上げなくても聞こえますのよ。どうぞもっとお淑（しと）やかにお喋りあそばせ」

シスター・グレンダからのお小言には慣れたもので、リコリスはサラリと辛辣な嫌味を返すと、スカートをつまんで完璧な淑女の礼をした。

（ああ、もうリコリスったら……）

ピオニーは内心で呻（うめ）き声を上げる。

淑女の礼は、この国では貴族女性特有の動作だ。貴族に対して屈折した感情を抱いているシスター・グレンダにとっては、挑発行為以外の何物でもない。

案の定、彼女は顔を真っ赤にして身を震わせている。

卒業を目前にしたリコリスは、最近箍（たが）が外れたのか、やりたい放題だ。神の庭であるとされる学院内では身分差はないとされているが、卒業してしまえばその縛りはなくなる。貴族である彼女は、この女学院のシスターたちの誰よりも身分が上になるのだ。

聖職者であるシスターたちは、表向きには俗世の身分制度からは外れた存在とされるが、王侯貴族の寄付金によって運営されている女学院では、その概念はあってないようなものだ。聖職者であっても、寄付をしてくれる王侯貴族には膝を折るしかない。

だがだからといって、このシスター・グレンダのように貴族出身の学生を目の敵にするような人間を認めるわけではない。理不尽なことを他者に押しつけるのを当たり前としているこの教師は、最も聖職者になってはいけない人物と言える。

そんなシスター・グレンダはピオニーに向かって怒鳴り声を張り上げた。

「本当に、あなたたち貴族の娘ときたら……！　平民をバカにするのはそんなに楽しいの!?」

「落ち着いてください、シスター。私はバカになどしていません」

リコリスは完全にバカにしていたし、その上おちょくっていたが。当人はとっくにいなくなってしまっているのだから、困ったものである。

「お黙りなさい！　そもそもあなたが――」

ピオニーの冷静な口調は、シスター・グレンダをより激高させたようで、ますます大きくなる甲高い声にうんざりしかけた時、応接室のドアがガチャリと開いた。

「何事かな？」

低く艶やかな声に、シスター・グレンダがハッと口元を手で覆う。

ここにきてようやく、自分がどこにいるのかを思い出したらしい。高貴なお方に、代表生であるピオニーがご挨拶をすることになっていたらしいので、この声の男性がその高貴なお方なのだろう。ドアで隔てられていたからといって、あの怒鳴り声では丸聞こえだったのは明白だ。

シスター・グレンダは焦ったように口を開いた。

「も、申し訳ございません！　こ、この者が……！」

またも自分に非をなすり付ける気かと目を剝いたピオニーは、ドアの向こうから顔を出した人物を見て驚愕する。

まず目を奪われたのは、絹のように艶やかな白金の髪だ。男性にしては珍しく長く伸ばし、後ろで一つに結わえて、広い背中に流している。

そして次に、深い藍色の瞳に視線が釘付けになった。見る者を引き付ける鮮やかな紫紺は、よく見れば金や茶の混じった不思議な色合いだ。

美しいアーモンド型の目は白金の睫毛に縁どられ、高い鼻梁（びりょう）はスッと通っており、薄紅の唇はまるで撫子（なでしこ）の花弁のようだ。あるべき形であるべき場所に配置された、左右対称のその造作は、精巧なビスクドールを彷彿とさせる。

（――ザック！）

目の前に現れた男性は、彼女の天使とよく似た特徴を持っていたのだ。

ドクドクと心臓が早鐘を打ち、握った掌にじっとりと汗が滲（にじ）んだ。

（本当にザック？　でも、ザックとしか思えない……！）

幼い頃にも目を見張った美貌は、今も変わらない。子どもらしい愛らしさが抜け落ちて、精悍で凛々しい男性的な美しさへと変貌を遂げていた。

「その声、怒鳴っていたのはそなただな、シスター」

男性に問われて、シスター・グレンダはサッと蒼褪めながらも頷く。それを愉快そうに見てから、彼はピオニーの方に向き直った。

ザックと同じ藍色の美しい瞳と目が合って、ピオニーはゴクリと唾を呑む。

彼は自分を見てなんと言うだろうか。覚えてくれているだろうか。

そんな期待で膨らんだ胸は、次の彼の一言で急速に萎（しぼ）むこととなった。

「そなたは今年の代表生だな？　名は……ピオニー・ガブリエラ・マーシャルだったか」

明らかに自分を知らない者の発言だった。

（……ザックじゃ、ない……？）

こんなに似ているのに、と思う反面、やはり、という諦めの気持ちも強かった。

奇跡はそう簡単に起こらない。むしろ望めば望むだけ遠くなるものだという気がしていた。

返事を待つ貴人に、ピオニーは目を伏せて淑女の礼をした。学生でしかないピオニーはまだ聖職者ではない。両手を合わせて膝を折る聖職者の礼をすることはできないのだ。

「はい、ロード。おっしゃる通りでございます」

高貴な方とは言われたが、彼の爵位までは聞いていなかったので、ひとまず敬称を呼んで応じれば、傍からまた金切り声が飛んできた。

「この無礼者！　この御方は……」

「ああ、キンキンとやかましい。黙らぬか」

目を吊り上げた悪鬼のような顔でピオニーに食って掛かったシスター・グレンダを、貴人がうんざりとした声で制する。

シスター・グレンダは面白いくらいに顔色を変え、貴人に媚びた笑みを向けた。

「も、申し訳ございません。あの……」

「今度は猫なで声か。そなたの声はどうも癇に障る。もう黙っておれ」

貴人は形の良い白金の眉を顰め、片手を一度振ってピシャリと言い捨てる。

顔を真っ赤にして肩を小刻みに震わせるシスター・グレンダを横目で見てから、ピオニーは貴人をそっとうかがい見た。

貴族とはいえ、ずいぶんとはっきりとものを言う人間だなと思った。

（……ザックと似ていると思ったのは、やっぱり思い違いだわ）

ピオニーの知っているザックは、口数が少なく、表情をあまり表に出さない少年だった。今のこの人のようにあからさまに不機嫌そうな顔をしたり、思ったことを口に出すような性格ではなかった。

（似ているけれど……ただ、似ている人なんだわ……）

相似点も、髪の色、目の色、そして整った顔立ち——挙げてみればその程度でしかない。なにしろ、ピオニーの中のザックの記憶は、もう十二年も前のものなのだから仕方ない。記憶は美化されているだろうし、自分の知らない間に現実は色褪せてもいるだろう。

そんなことを考えていると、貴人がピオニーを指さした。

「その声、そなたが先ほどこのシスターに難癖をつけられていた者だな。嫌味を言っていた女がもう一人いたはずが、どこかへ逃げたのか？」

謎解きをする子どものような様子でそう指摘され、ピオニーは驚いて、つい首肯してしまう。シスター・グレンダは目を剝いていたが、「難癖をつけていた」と言ったのは貴人なのだから仕方ない。実際に、あれはどう取り繕っても難癖でしかない。

ピオニーの肯定に、貴人はパッと、顔をくしゃくしゃにして笑った。

「当たりであろう！　私は耳には自信があるのだ！」

「……は、はい……」

返事をしたものの、まさかの聴力自慢に脱力してしまう。ドアを隔てて聞いた複数の人の声を聞き分けて記憶できるのだから、確かにすごいとは思う。だがそれを初対面の大人に唐突に告げられ、自慢されても、どう答えていいのか見当がつかない。

（ほ、褒めればいいのかしら……？）

これほど返答に窮したのは初めてだ。どうすればいいか分からず、笑顔を作ることもせず真顔で沈黙していると、貴人は不思議そうに首を傾げた。

「私を褒めないのか？」

「……あ、やはり褒めるのが正解ですか？」

思ったことが馬鹿正直にそのまま口から出てしまって、しまったと思ったが後の祭りだ。どう考えてもやんごとない御方に対する発言ではない。

これは場合によっては大変な罰を与えられるかもしれない、と心の中で臍を噛んでいると、いきなり貴人が大きな声で笑い出した。

「はっはっは！　なんて面白い娘だ！　この私をそんなふうに扱ったのは、そなたが初めてだぞ！」

大きな手で肩をガクガクと揺さぶられて、ピオニーは目が回りそうになりながら、「は、はあ……」と曖昧な相槌を打つ。

とりあえず、この貴人が女学院に寄付をしてくれる貴族なのだろうが、どうにも型に嵌まらない御仁（ごじん）であるようだ。普通、紳士ならば、若い娘にこんなふうに容易（たやす）く触れたりしないものだが。

（な、なんだか、変わった方だわ……）

大いに戸惑っているピオニーに、貴人は麗しい笑顔を見せて言った。

「そなた、気に入ったぞ。ピオニー」

「……ありがとう存じます」

代表生として、寄付してくれる貴族に気に入られたのは非常に良いことだろう。

とりあえず礼を言うと、貴人はピオニーの両肩を摑んだまま、ついでのように付け加えた。

「自己紹介がまだだったな。我が名はアーネスト・ジョージ・エドワード」

名乗られて、ピオニーは一瞬首を傾げた。どこかで聞いたような名前だったからだ。

（あら？　どこで聞いたのだったかしら……？）

少し考えて、行き当たった答えに、あんぐりと口を開けた。そこから悲鳴が漏れ出そうになるのを、両手で覆ってすんでのところで止める。

「……ア、アーネスト一世陛下……!?」

掠れた声で絞り出したのは、この国の国王陛下の名前だった。

(う、嘘でしょう!?)

何故こんなところに国王陛下が、と仰天しながらも、そういえばリコリスがそんな予想をしていたなと思い返す。彼女の願望のような雑談だったし、まさか本当にそんなことが起こるなんて予想もしていなかったが。

さすがに肝が冷えて、膝から力が抜けかけたピオニーの腰を、アーネストの手が支えた。

「おっと。大丈夫か、ピオニー」

「は、はい……。申し訳ございません……!」

国王陛下に支えてもらうなど、不敬も甚だしい。

焦って体勢を整えようとするのに、アーネストはピオニーの腰を抱く手に更に力を込めて、ぴったりと寄り添ってしまう。

「なに、気にするな。珍しい花を見つけて、私は非常に気分がいい。そうだ、この女学院には百合園があるのだと、先ほど茶を持ってきたシスターが言っていたな。そこへ行ってみたい。そなたが案内してくれ、ピオニー」

「えっ……」

国王陛下を案内するなんて、胃が縮み上がりそうな役目はご免こうむりたい。

助けてください、と縋る目をシスター・グレンダに向ければ、彼女は射殺さんばかりの目でピオニーを睨みつけていた。

(不可抗力ですけど！)

これでまたシスター・グレンダからの嫌がらせが悪化するかと思うと、本当にうんざりしてしまう。勘弁してほしいと思いつつも、国王の強引な腕に逆らうことなどできず、ピオニーは引きずられるようにして連れて行かれたのだった。

＊　＊　＊

女学院の敷地内にある百合園は、元々はその根を薬として使用するために栽培していたものだ。修道院は施薬院としての機能もあり、いろいろな薬草を栽培しているのである。

百合園に辿り着くと、アーネストは歓声を上げた。

「おお、これは壮観だな！　それになんと香しい！」

一面に咲く橙色の花々の中で両腕を広げて喜ぶ王の背後で、ピオニーは少し眉根を寄せる。このむせ返るほどの甘い匂いは、あまり得意ではなかった。

「これらは全て同じ種類の百合なのか？」

興味深そうに百合の花に近づきながらアーネストが訊ねる。

「はい。この種類の百合の根は、苦みが少なく飲みやすい薬となるのです」

「なんと、根を薬にするのか！」

こちらを振り返って目を丸くする美貌の王に、ピオニーはなんだか少しおかしくなった。衒(てら)いがないというやつだろうか。アーネスト王は確か御年二十二歳だ。ピオニーよりも四つも年上なのに、そうとは思えないような無邪気さに、見ているこちらが毒気を抜かれてしまう。

（……愛されてきた人の顔だわ）

アーネスト王は、生まれたその日から王だった人だ。周囲には人がたくさんいるだろうし、与えられて当然の環境で生きてきたのだろう。

（こんなふうに、大人になっても無垢な表情ができるのは、きっと何も失ったことがなく、理不尽に晒されたこともないからなのでしょうね……）

ピオニーにはきっとこんな表情はできない。自分に向けられる理不尽や、愛する人を喪う喪失感をもう知っているからだ。

けれど目の前の王を羨む気持ちは不思議となく、太陽を眺める時のような、眩いものを遠くから見るような感覚があった。

「この女学院の百合園がこれほど見事だとは！　毎年視察に訪れていたというのに、もったいないことをした」

顎に手をやってそんなことを言うアーネストに、ピオニーは微笑みながら言った。

「毎年ここに百合があるわけではないのですよ」

「なに？　ここは百合園なのではないのか？」

「もちろん百合園ですが、他にも百合を植える畑が六つほどあります。百合は一度植えるとその土の養分をたくさん吸い上げてしまうので、土地が枯れるのだとか。ですから、七年の間隔を開け、その間に土を作り直す必要があるのです。今年はこの庭に植えられていましたが、去年は敷地外の畑を使っていましたし、来年はまた別の畑になるでしょう」

説明をしながら、我儘な姫君のような花だとピオニーは思う。手間はかかるし、育て上げるまでに年月も要する。種球（たねきゅう）から始めると、畑に植え付けるまでに三年、畑に植え付けてから根が採れるまでに更に三年もかかるのだ。

ピオニーの説明に、アーネストが愕然と百合の花を見下ろした。

「なんと……美しいが、我儘な花なのだな、百合とは」

今自分が考えていたのと同じような感想を漏らすので、ピオニーはおかしくなったが、それを我慢して、百合の代わりに弁明をする。

「ですが、その花は華やかさと香しさで人の目や鼻を楽しませ、その根は生薬として人を癒やします。我儘で手がかかっても、育てる価値のある花なのでしょう」

百合園の世話は持ち回りなので、ピオニーももちろんその役目に当たったことがある。自分たちよりも手をかけられているのでは、と一緒に当番になったリコリスが口を尖らせていて、笑ったものだ。

「それにしたって苗床を七年も使い物にならなくするなど……美しくとも、大喰らいすぎるとは思わないか？」

大喰らい、という表現が斬新で、ピオニーは目を丸くした後、プッと噴き出してしまった。

美しいお姫様が大量の御馳走を食べて、お腹をカエルのように膨らませている情景を想像してしまったのだ。

「おっ、ようやく笑ったな」

「え……」

笑っていると、そんなことを言われて、驚いて笑顔が引っ込んだ。

「そなたの笑顔が見てみたいと思っていたのだ」

アーネストは言いながら、長い足を三歩ほど歩ませ、ピオニーのすぐ傍までやって来る。自分より頭一つ大きい男性に接近されて、咄嗟に後退りしたピオニーの肩を、大きな手が摑んだ。

「そなたはとても可愛らしいな、ピオニー」

とろりとした艶を含ませた声色で囁かれ、ゾクッと寒気が走る。

「も、もったいないお言葉です……」

かろうじてそう返しながらも、ピオニーは身を固くして視線を足元に下げる。今アーネスト王の顔を見てはいけないと、本能が告げていた。

「芍薬（ピオニー）という名前の通り、艶やかで華やかな娘だ。そしてなにより、この私に臆さない凛とした態度が気に入った」

「そ、それは……」

王と分かってからは礼儀正しい態度を心がけていたつもりだが、声を上げて笑ってしまったのが良くなかったのだろうか。

幼い頃より女学院に身を置くピオニーだが、今アーネストが醸し出している雰囲気が、男女の間に生じる特有のものであることは理解できる。

（……つまり、私は今、王様にちょっかいを出されかけているということよね……）

アーネストはそのつもりでピオニーを百合園に連れ出したのだと分かり、鳥肌が立った。

冗談ではない、と冷や汗が背中を伝う。

王には美しい正妃がいるし、仲も睦まじいと評判だ。それなのに、修道女見習いの学生にまで手を出そうというのか。この王はずいぶんと好色なようだ。

（そんな男の慰み者になどなりたくない……！）

嫌悪感から、ピオニーは必死に頭を回転させる。なんとか、この状況を乗り切る方法はないだろうか。

視線を周囲に巡らせれば、目の端に騎士の恰好をした者たちが映った。

それはそうだろう。彼はこの国の王だ。女学院の建物内とはいえ、護衛もなしにうろつくはずがない。おそらく何かあればすぐ駆け付けられる距離で、アーネストを見守っているのだ。

だがそれはつまり、アーネストが今何をしているかを見ているということだ。

（待って！　今、私が王のお手付きだなんて噂が立ったら、これまでの努力が水の泡になってしまう！）

神の花嫁であるシスターになる資格がなくなったとされて、この女学院からも放逐されてしまうだろう。

とんでもない。成績が良ければ修道女志願者として、卒業後もここに残れるため、興味もないのに神学を必死に勉強してきたのに。王の身勝手な欲望に振り回されてなるものか。

「ピオニー。どうかその愛らしい顔を私に見せてはくれないか？」

ピオニーの内心の声など知らないアーネストは、なおも甘ったるい声で囁きかけてくる。

心の底から勘弁してくださいと願いながら、ピオニーは必死で身を捩り、身を寄せてくるアーネストから逃れようと試みた。

「お戯れを、陛下。私は神の花嫁となる身です。護衛の騎士様たちも見ております。どうか誤解を招くようなことはお控えくださいませ」

なるべく声を荒らげず、冷静な声を装って、「見られているのだぞ！」と訴えてみたが、アーネストが意に介す様子はない。

「ああ、あれらは木や草のようなものだ。私のことで何か見聞きしたところで、口外はしないように躾けてある。気にするな」

護衛騎士をまるで犬のように言う王に、眉間に皺が寄った。

（あなたの身辺を守ってくれている者でしょうに……）

やんごとない身の上なのだから仕方ないのかもしれないが、権力を持つ者に多くを奪われた立場のピオニーには、とても不愉快な言い方だった。

（頂点に立つ人がこれでは、その臣下である叔父が傍若無人なのも道理だわ！）

カッと怒りに駆られ、ピオニーはアーネストの手を振り払って、その美しい顔を睨みつける。

「お言葉ですが、陛下。人は木や草にはなりえませんし、躾けなどとまるで犬であるかのような物言いをされては、矜持（きょうじ）を持って陛下の御身をお守りする彼らが気の毒です！」

言ってしまってから、ハッと我に返って血の気が引いた。

（わ、私ったら……！　陛下に対して、なんてことを……！）

これはもう打ち首もやむなし、と内心人生を諦めかけていたピオニーだったが、それでも最後の自尊心から必死で王の顔を睨み続ける。

アーネストは呆気に取られた様子で、まじまじとピオニーの顔を見つめていたが、やがて背中を反らして大笑いした。

空に響き渡るような、軽快な笑い声だった。

何故彼が唐突に笑い出したのか、さっぱり見当がつかないピオニーは、ひたすらオロオロとその様子を見守るしかない。

ようやく笑いの発作が治まったらしい王が、満面の笑みでピオニーに向き直る。

その笑みには、子どものようだった先ほどまでとは違う、妙に粘着質な色が加わっていて、ピオニーはゾクリとした。

「いよいよ気に入った、ピオニー。決めたぞ、そなたは私のものだ」

勝手に断定され、ピオニーはジリ、と後ろに一歩下がりながら、首を横に振る。

肉食獣に狙いを定められた小動物になった気分だった。

「……私は、神のものです」

否定すると、アーネストは鼻を鳴らす。

「これからは私がお前の神になる」

なんて傲慢な、とピオニーは顔を歪めた。

「人は神にはなれません」

この国の神は、唯一神だ。そして絶対的で、超越的な存在であると教えられた。それを信じるわけではないが、それにしても人が神になるなど、なんて傲慢で恐れ知らずな発言だろう。

ピオニーの台詞に、アーネストは愉快そうに目を細めた。

「賢しらな。だがそこがいい。可愛がり甲斐があるというものだ」

藍色の瞳が愉悦を含んでじっとりと光る。その眼差しに舐め回されているような気分になって、ピオニーは両手で自分の身体を抱き締めた。

（……どうして、この人をザックだなんて思えたのかしら……！）

この人はザックなどでは絶対ない。あり得ない。

ピオニーの天使は、こんな蛇のような目はしていない。

寡黙で、感情を表すことは滅多になかったけれど、その藍色の目はいつだって澄んでいて温かかった。

アーネストがピオニーに向かって腕を伸ばす。顔に触れようとしているのだと気づき、身を強張らせたその時、低い声がかかった。

「お取り込み中失礼いたします。陛下、王太后様より急使が」

ハッとして目をやれば、いつの間にかアーネストの背後に騎士が膝をついていた。

先ほど見えた護衛騎士たちの一人だろうか。しかし護衛騎士にしては珍しく、頭に上衣のフードを被っている。俯いているのでよく見えないが、どうやら顔の上半分を仮面のようなもので覆っているようだ。

その騎士の登場に、チッ、とアーネストが舌打ちをした。

「王太后の犬めが。何用か」

「すぐに王宮に戻られますように、と──」

「またお小言か。あの耄碌婆め」

忌々しげに吐き捨てて、アーネストは踵を返す。

興味が自分から逸れたことにホッと安堵の息を漏らしたピオニーは、思い出したように振り返ったアーネストに告げられた次の言葉で、また蒼褪めることとなった。

「ピオニー・ガブリエラ・マーシャル。そなたを我が愛妾として王宮に召し上げる。心づもりをしておくがいい」

それは死刑宣告にも等しかった。

足が戦慄き、その場にヘタリとしゃがみ込む。

ほんの一時一緒にいただけでこれほど嫌悪感を抱く相手の愛妾だなんて、自分に務まるわけがない。触れられることを想像しただけで身の毛がよだつ思いがした。

「そ、そんな──」

嫌です、と叫びかけたピオニーは、宥めるようにそっと肩を摑まれて口を噤む。見れば、先ほどの仮面の騎士がピオニーの傍に片膝をつき、静かに頭を振った。

「陛下に逆らってはいけない」

それは真理だ。この国の最高権力者に命令された以上、泣いても喚いても、誰も助けてはくれない。逆らうならば、与えられるのは死だ。先ほど打ち首になることを覚悟したとはいえ、あれは怒りに駆られた勢いでしかない。実際に今死んでみろと言われたら、ピオニーには死ねる覚悟などなかった。

（……そうよ。死ぬ覚悟がないのに、逆らってどうするの……。だけど……）

このままあの蛇のような男の言いなりになるしかないのかと、奥歯を嚙み締めた時、ピオニーの手がぬくもりに包まれる。仮面の騎士の大きな手が、ピオニーの手をそっと握っていた。

「大丈夫」

短い言葉に、目を上げる。なんの根拠もない励ましであるはずなのに、何故か妙に心を支えられた気がした。

仮面の奥の瞳は、フードの陰になっていて何色か判別できない。けれど、透き通っていて、とても優しい眼差しをしている。

魅入られるように見つめていると、彼はもう一度「大丈夫」と言って立ち上がった。

「陛下に逆らわないように」

最後にもう一度そう言い残し、仮面の騎士も去っていった。

その後ろ姿を、ピオニーは魂を抜かれたように、ひたすら眺め続けていたのだった。

第三章

扉の左右には女騎士が立ち、近づいてくる自分を鷹（たか）のような眼差しで射貫いた。

「王太后様にお目通りを」

端的に告げると、右の騎士が無表情のまま首を横に振る。

「王太后様には、本日、仮面殿の来訪を伺っておりませんので」

頑（かたく）なな表情に、やれやれと思うが表には出さない。

用心深いのはこの女騎士というより、この部屋の主の方だ。予定にない訪問者は追い返すように指示されているのだろう。

立場から考えればそれが当然なのだろうが、それにしてもこの徹底ぶりには頭が下がる。

「予定にはなかったが、ご報告しなげればならないことが発生したのだ」

重ねて告げれば、分厚い扉の向こうから、くぐもった声がした。

「よい、通せ」

主の指示に、女騎士たちはサッと動いて扉を開いた。

(まるで号令で動く人形のようだな)

そんな感想を抱いたが、よほど自分の方が人形のようだと言われていることは知っている。無表情、無感動に加えて、顔の上半分を覆い隠すこの仮面だ。

『王太后の暗殺人形』――そんなあだ名がついた時には、笑い出したくなった。

自分が王太后に従順であると、周囲から認知されている証拠だ。

(それでいい)

真の目的は隠し通さねばならない。欲しいものは、たった一つ。それを得るためだけに自分は生きている。

それに、王太后の人形と言うなら、あれの方がよほどそうだ。

扉を越えて部屋の中に一歩入ると、音もなく扉が閉められる。豪奢な調度品の並ぶ部屋の中、ゆったりと椅子に腰かけた痩身の女性がこちらを見ていた。整った、厳かな顔立ちの中年女性だ。

「どうした」

王太后は短く問う。その間、紅を引いた赤い唇はほとんど形を変えなかった。王族は喋る際にほとんど唇を動かさない。最小限の動きで、ゆっくりと、それでいてしっかりとした発音で話さなくてはならないのだ。

「また一人」

王太后と同じように端的に答えた。それだけでこの人には通じる。『あれの監視と報告』を命じたのはこの人なのだから。

短い言葉だけで会話をするのは、万が一誰かに聞かれても構わないように、だ。

「またか」

王太后がため息をついた。彼は黙っていた。

そう、まただ。今月になって三人目になる。これまでの通算で言うと、二十五名にもなった。

二十五名も死んだ。――殺されたのだ。

「憐れな」

王太后の発言に、おや、と眉を上げた。珍しく感情的な発言だ。人としての情がこの魔女にも残っていたのか、と不思議に思っていたら、次に発せられた質問に小さく笑みが漏れる。

「始末は」

――していないはずがなかった。

自分は『憐れな』ものを『始末』する人間なのだから。

「いつも通りに」

「ならよい」

——よいのか？　本当に？

一度そう訊いてみたいものだ、と思いつつ、報告は済んだので一礼して退出しようとすると、背後から声がかかる。

「あれはもう駄目だ」

その言葉は、真意を確かめる必要があった。

足を止めて振り返ると、王太后が灰色の目でこちらを見据えている。

「頃合いだ。整えておけよ」

「——御意」

我知らず、拳を固めていた。

待ちに待っていた瞬間が、目の前に迫っていた。

＊　＊　＊

国王陛下の訪問から二週間、ピオニーは自室で頭を抱えていた。

（……どうしてこんなことになってしまったのかしら……）

ついこの間までは、修道女見習いとなり、生涯この修道院に身を置くという人生を歩んでいたはずだったのに。

百合園での一件を、ピオニーは楽観視していた。いや、楽観視したかった。ピオニーを愛妾に、などという戯言(ざれごと)は本気ではなく、数日後には忘れ去られているはずだと思いたかった。なにしろ現実的ではない。王には美しい正妃がおり、ピオニーは貴族令嬢とはいえ、前侯爵の娘でしかない。おまけに今の名目上の保護者である叔父は、権力からは程遠い田舎貴族にすぎず、王の愛妾など分不相応も甚(はなは)だしい。

（きっと陛下がばかを言ったとしても、周囲の人が止めてくれるはず）

それが賢臣というものだろう、と高を括(くく)っていたピオニーは、翌日修道院長に呼び出されて自分が甘かったことを知った。

『ピオニー・ガブリエラ・マーシャル。恐れ多くも国王陛下は、あなたに、愛妾として王宮に出仕するようにとの勅令を下されました。謹んで拝命するように』

抑揚のない声で言い渡され、ピオニーは愕然と修道院長を見た。

分厚い丸眼鏡の奥の細い目は、三日月のように弧を描いている。厳格なことで有名なこの老女が、こんなふうに笑っているのは初めて見たかもしれない。

『で、できません！　私は修道女見習いに……』

この国では、王とはいえ聖職者には命令を下すことはできない。聖職者は神の民であるからだ。だからこの女学院に所属するピオニーには、勅命を拒むことができるはずだ。

そう思って言った台詞を、修道院長はアッサリと一蹴(いっしゅう)する。

『あなたの修道女見習いの資格は取り消しました。あなたの保護者であるマーシャル侯爵が、大切な姪を聖職者にするつもりはないと手紙を寄越されたからです』

『そ、そんな……！』

やられた、とピオニーは奥歯を噛み締める。

まだ卒業していないピオニーの保護者は、名目上とはいえあくまで叔父である。その叔父が拒めば、修道院は了解せざるを得ない。

これまでピオニーに一切関わろうとしてこなかったくせに、こんな時になって余計なことをしでかす叔父に腹が立ったが、おそらくアーネスト側からの働きかけがあったに違いない。そうでもなければ、叔父がこんなことをするわけがない。

『すなわち、あなたは神の民ではなく、王の民です。王の命には応じなくてはなりません』

畳みかけるように言われ、ピオニーは涙を浮かべて身を震わせた。

何度こんな思いをしなくてはならないのだろう。

両親が亡くなり、叔父に屋敷から放り出された時も、この女学院に放り込まれた時も、同級生から執拗な嫌がらせを受けた時も、シスター・グレンダから虐めにあった時も、ピオニーは耐えた。耐えることしかできなかった。抗う術がなかったからだ。

ピオニーはいつだって、与えられる物を選ぶことができない弱者なのだ。

そんな中でも許された選択肢から、ようやく自分が選んだ道を行けるのだと思っていた。神など信じていない。それでも、己の矜持を守れる道を選んだのだと思った。

（それなのに、私はまた、他者の勝手な欲望に翻弄されるの……？）

腹が立った。悔しかった。

なによりも、無力な己が悲しかった。

『ピオニー・ガブリエラ・マーシャル。返事をなさい』

修道院長が返事を迫る。仕方ない。彼女には、ピオニーに承諾させるという使命があるのだろう。この修道院へ多大な寄付をしているのが、アーネストであることからも、その推測はきっと間違いではないはずだ。

身を震わせながら、ピオニーは小さな声で「分かりました」と呟いた。

敗北に、自身の矜持がまた傷つけられるのを感じる。

修道院長はあからさまにホッとした様子で頷いた。

『初出仕は三週間後と決められているそうです。本来ならばあなたの叔父上のお屋敷から向かうのが正しいのでしょうが、叔父上はこちらに一任するとのことです。身の回りの品は全て陛下がご用意くださるそうですよ。幸せなことですね』

何が幸せなものか、と吐き捨てたくなるのをグッと堪える。アーネストのあの蛇のような眼差しを思い出して全身に鳥肌が立ったが、ピオニーはそれに気づかないフリをした。

思い出すだけでこんなことになるのでは、これからやっていけないだろう。平気にならなくてはいけない。あの若き王を前にして笑い、彼に触れられる毎日となるのだから。

修道院長からの死刑宣告以来、ピオニーは自室に籠もって鬱々とした日々を送っていた。ピオニーが逃げ出すことを恐れたのか、授業や課されていた労働は全て免除となり、自室で過ごすようにと言い渡された。食事は日に三度、同室のリコリスが運んできてくれて、部屋の外に勝手に出て行かないよう、シスターの監視がついた。事実上の軟禁である。

「逃げ出すほど、愚かではないわよ……」

不貞腐れてボソリと吐き出せば、二段ベッドの下段に腰かけていたリコリスが、呆れたように言った。

「逃げ出さないけど、不満はタラタラってことね」

「逃げ出せば、この修道院にお咎めがあることくらい分かるわよ。だから我慢して行くんだもの。不満くらい言わせてちょうだい」

望まぬ相手の愛妾にならなければいけないのだ、とリコリスを睨めば、彼女は肩を竦めてみせる。

「私には分からないわ。何を思い悩むことがあるのよ？　国王陛下の愛妾だなんて、女として名誉なことじゃないの！」

「……他人事だと思って……」

恨めしい気持ちで言えば、リコリスはベッドから立ち上がって、ピオニーが肘をついていた机をバン、と叩いた。

リコリスにしては珍しく荒々しい行為に、ピオニーは驚いて固まる。

こちらを見下ろす親友の目は据わっていた。

「あのねぇ、ピオニー。代わってもらえるならそうしてほしいわ、心から！」

「だ、だって、愛妾だなんて……」

あまりの気迫に、言葉が尻すぼみになった。こんなに迫力のあるリコリスは初めてだ。

ピオニーの反論に、リコリスはフンと鼻を鳴らす。こんなに行儀の悪いリコリスも初めてである。

「愛妾は愛妾でも、そんじょそこらの平凡貴族の愛妾ではないでしょう？　国王陛下の愛妾よ！　最上格なの！　上手くやれば、正妃様よりも上の立場！　それどころか、宰相閣下なんかよりも権力を持つことができるのよ！　そこをちゃんと理解していて!?」

「そ……そ、そういうことは望んでないもの！」

正妃様を押し退けようなんて思わないし、むしろ彼女の夫を掠め取るような真似をすることに、非常に罪悪感を抱く。宰相閣下よりも大きな権力になど、もっと興味がない。

だがリコリスは止まらなかった。

人差し指をこちらに突きつけ、険しい表情のままゆっくりと告げる。

「いいこと、ピオニー。世の中、好きな相手と結婚できる貴族の女性がどれくらいいると思うの？　ほとんどの人は、爵位の格や持参金などの条件の合った相手を、親が選ぶの。自分の気持ちで選べることなんてほとんどないのよ」

「あ……」

確かに、貴族社会における結婚は、そのほとんどが政略結婚のようなものだ。そしてそんな結婚であるがゆえに、結婚相手以外の人に愛情を求める。愛人は珍しい存在ではないのだ。

「私の婚約者だってそう。年こそ近いけれど、お互いに恋愛感情などないわ。でも不満はない。みんなそうなのだもの。物語の中に出てくるような恋なんて、現実のものではないの。あれは夢物語なのよ」

同じ年の、そして貴族女性としての結婚を控えたリコリスにそんなことを言われて、ピオニーには頷くことしかできなかった。

みんなそうなのだ。自分だけが特別に理不尽に晒されているのではない。

「そうよね……そうだわ。私が間違っていたわ……」

「そうよ。あなたは喜ぶべきなのよ。神様のことだって信じていないって言っていたじゃないの。修道女見習いになろうとしていたのも、卒業後に行き場がないからだって自分で言っていたじゃない。あんな辛気臭いシスターなんかにならなくて済むし、他に行き場ができたってことよ。良かったじゃないの！」

腰に手を当てて顎を反らすリコリスに、笑いが込み上げる。

「辛気臭いって！」

「だって事実じゃないの。辛気臭いし陰険だし、聖職者って根性悪って意味だったかしらって思っているのに。ピオニーがあんな根性悪になるの、私、絶対に嫌だわ！」

「ああ……」

確かに、とピオニーは苦笑した。もしシスターになる道を選べていたら、自分はあのシスター・グレンダとそう変わらない人柄になっていたかもしれない。周囲の毒に負けないためには、その毒に染まらなければならないこともある。あれらの毒に晒されて、純粋無垢のままでいられるほど、自分は清くも正しくもない自覚があった。

「それに、あなたが神の道に進むのではなく、貴族社会に残るのなら、これからも私と会うことだってできるじゃないの！」

「本当ね！　それは素敵なことだわ！」

シスターになるまでの数年間、修道女見習いは俗世とは隔絶される。神の花嫁になるためには、俗世への未練を断ち切らねばならないからだ。

悪いことばかり考えていたけれど、物事には良いこともあるのだ。

「リコリス、ありがとう。私、陛下の愛妾になることに、後ろ向きな考えしか持っていなかったわ。もっと前向きになろうと思う」

彼女の白い手を握ってそう言えば、リコリスはにっこりと花のように笑った。

「それでこそ、私の親友だわ」

＊　＊　＊

気配にふと目が覚めた。

部屋の外に人がいるのが分かった。王太后の側近である自分に与えられている、この王宮の部屋に近づけるのは限られた者だけだ。

身を起こし、そばに置いてある仮面を手早く装着しながら声を出す。

「レイナルドか」

自分の手足として使うようにと、王太后から与えられた部下の名を言うと、部屋の外から「はい」と応じる声が聞こえた。淡々とした声だったが、少々焦りが感じられる。何か問題が起きたのだろう。

「またか」

訊ねると、また「……はい」と、肯定の答えが返ってきた。

（何人殺せば気が済むのか）

ため息を堪えてベッドから起き出し、手早く着替えて部屋を出る。扉の前には茶色の髪の大柄な男が立っていて、彼を待っていた。共に歩きながら報告を受ける。

「お休み中、申し訳ございません。ですが、少々厄介なことが」

「なんだ」

「今回は二人。うち一人は泡を吹いてはおりましたが、命に別状はありません。しかし、ひどく錯乱しております」

「騒いでいるのか」

人目を引くとまずい、と考えていると、レイナルドは首を横に振る。

「いえ、今は薬を嗅がせて眠らせていますが、目が覚めれば、おそらく。首に圧迫痕があったため、いつものごとく行為中に絞められたのでしょうが、落ちる寸前で手を放される、を繰り返されたのではないかと」

「そうか……」

聞きながら眉根が寄った。頭へ向かう血の道を塞げば、数分で人は死ぬ。死ぬ直前で解放されても、血が十分に行き渡らない状態では、人の頭の歯車は狂ってしまうらしく、呂律が回らなくなったり、身体を上手く動かせなくなってしまうのだ。

それを何度も繰り返せば、結果は予想できる。少なくとも、首を絞められた側が幸福な結末にはならないことは明らかだ。

惨(むご)いことを、と思うが、それを自分に言う権利はない。あれの残虐性を知りながら放置している時点で、自分も同罪なのだから。

「保護し、マルケスのもとへ」

マルケスとは、王太后に雇われている医師だ。表立って治療できない者を密かに治療させている。おそらく王太后に弱みを握られているだろうから、口が堅いことは間違いない。

「既に手配済みです。……それで、厄介なことというのは、その者が女官であったということです」

「なんだと」

思わず足を止めてレイナルドに向き直った。

女官ということは、貴族の娘であるということだ。王宮に女官として出仕するには子爵以上の家柄の女性である必要があるからだ。

すなわち、その変死や病状を隠蔽するのに苦労するのだ。

(それを何度も説明してきたというのに……)

王太后から厳しく注意を受けてからはやめていたというのに、何故また――。

ため息をつきたくなったが、ついたところで事態は変わらない。無表情のまま黙って足を速めた。

向かった先の部屋の扉の前には護衛騎士たちの姿がある。王の部屋を守る騎士らしく、厳めしく、静かに左右を固めていた。中で騒動が起きていても彼らが変わらず沈着であるのは、それが日常茶飯事であるからだ。

自分が姿を見せると、護衛騎士たちは一礼をした後、すぐさま扉を開けた。

中には数名の男たちがいて、白い布で巻かれた遺体をロープで縛っている。

天蓋付きの大きなベッドの上には、全裸の男が一人。情事の後特有の気だるげな雰囲気で、だらりと寝そべっていた。

「陛下」

声をかけると、男――アーネストは顔だけをこちらに向ける。

「なんだ、お前か。珍しいな。最近はお前自ら出てくることはなかったのに」

「……それは陛下が私を見るのが嫌だと仰ったからですよ」

数日前、仮面を被った者がそばにいるのは気色悪いと、ワインの瓶を顔面目掛けて投げつけられたのだ。避けるだけの反射神経があって良かったが、そうでなければ相当の怪我を負っただろう。

だがその指摘に、アーネストは目をクルリと回して首を傾げた。

「そうだったか?」

嘘ではなく、本当に記憶に留めていないのだろう。彼にとってどうでもいいことなのだから。他者に投げつける言動に、どれだけ注意を払っていないかがよく分かる。

「まあいい。それで？　私に言われて出て来なかったお前が、どうして今ここにいるのだ？」

ヘラリと笑って問われ、目を眇めた。

「女官はお相手に選んでくださるなと申し上げていたはずですが。彼女たちには確固たる後ろ盾がある。変死をごまかすのには限界があるのです」

厳しい口調で吐き出した進言に、アーネストがガバリと身を起こして怒声を上げる。

「それがお前の仕事であろうが！　私は王だぞ！　王太后の犬風情が、この私のなすことに文句を垂れるつもりか！」

癇癪玉を破裂させた王に、作業をしていた者たちが一様に身を震わせてこちらを見る。アーネストが怒り出したら手が付けられなくなるのを、皆知っているのだ。そしてそうなったアーネストを止められるのが、王太后と自分だけであることも。

安心させるために軽く頷いて手を振ると、男たちは布で覆われた遺体を抱えて退出していく。

二人きりになった部屋で、アーネストは血走った目でこちらを睨めつけてきた。

その藍色の目を不思議な心地で見つめ返す。これほど理不尽で傲慢なことを言う男なのに、瞳に宿る怒りは純粋だ。この男は怒っている。きっとずっとそうだったのだろう。

この男の怒りの濃度を、自分は理解できる。自分もまた同じだったのだから。

（だがそのままではだめなのだ）

男が自分と違うのは、そのくすぶった怒りを振り返って己の中で定義することなく、ただの怒りとして力のままに周囲にぶつけている点だ。

（憐れだな）

以前、王太后が口にした憐憫を思う。殺された女たちに向けて言った言葉だったが、今、自分は目の前のこの男にそう感じていた。

憐れだ。怒りをそのままぶつけるのでは、赤子と変わらない。他者が解決できる問題ではないのだから、自分と向き合い、自分の中で折り合いをつけるしかないのに。

それを理解しようともしないこの男を、心底憐れだと思う。

だからこそ、何度となく忠告をし続けてきた。それをするのは己の義務のように感じていた。この男は、自分の鏡なのだから。

——だが。

「王よ。私から進言するのは、これが最後です」

最後通牒だ。あえてしてやる必要はなかったが、己の中のけじめとして前置きしておきたかった。だがそれも形だけのものだと自分で知っているから、我ながら偽善的なことだと心の中で自嘲する。最後通牒を突きつけたところで、この男が変わることは万が一にもないのを確信しているのだから。

現に、アーネストは嘲笑うようにこちらを見ていた。

「ほう？　偉そうに。それは最後通牒のつもりか？　ならばそれは、お前にとってのものになるやもしれんぞ？　それでも言う覚悟があるなら言ってみろ」

気に食わなければ殺してやろうと暗に仄めかされて、うっすらと笑みが浮かんだ。

（そうでなくてはならない）

自分はもう決めたのだから。

「たとえ王であっても、なんの咎もない者を殺すのは、罪であり、悪です」

これまで何度となく放ってきた台詞を、もう一度繰り返す。

するとアーネストがけたたましく笑い出した。

「愚にもつかぬことを！　では問うぞ、犬！　なんの咎もない者を殺すなと言うが、ならば戦争は罪ではないのか！　人が死ぬぞ！　それこそ、私がこれまでに殺してきた数の百倍、千倍という数が！」

確かに、と目を閉じる。アーネストは在位中の二十二年間に、大きな戦争を四つ乗り越えた。仕掛けた場合もあれば、仕掛けられた場合もある。しかしどの争いにも勝利を収め、結果、彼はこの国にかつてない繁栄をもたらしたのだ。

戦争を起こした王への非難がないのは、勝ったからだ。だが勝ち負けに善悪があることもおかしいし、人を殺す理由に善悪があることもおかしい。

「戦争も殺人であり、罪悪です。だがその目的は国益だ。国民は表立ってあなたを非難しない。国益である以上、民は確実にその恩恵にあずかっているのだから。だがあなたが己の欲望を解消するために、性行為の最中に女性を絞殺するのは、あなたの愉悦が目的でしかない。己の私欲のための殺人は、責められる。そういうものです」

淡々と説けば、アーネストは徐々に怒りの表情を収めていった。

そしてしくしくと涙を流し始める。

「……ああ、私は、何故王に生まれてしまったのだろう……？　誰も本当の私など欲してはくれないのだ……」

唐突に話が変わるのも、いつものことだ。

彼の中の琴線に何かが触れて、孤独を嘆いて泣く子どもが顔を出すのだ。

整った顔をした男がハラハラと涙を流す様を、無感動に眺める。これに絆される女性が多いと誰かが言っていたが、その理由は自分には分からなかった。

「王。何故、女官に手を出したのですか？　これまでは我慢しておいでだったではないですか」

問いかけに、アーネストは顔を上げてニコリと微笑んだ。そして裸の腕をこちらに伸ばし、上腕を摑んで顔を近づけてくる。

間近に迫った藍色の瞳が、異様な色を湛えて炯々と光っていた。

「ピオニーがまだ来ないからだ。もう二日もすれば、あの娘がやってくる。あの勝ち気で生意気な娘を、どうしてやろうと想像するだけで猛った心が治まらない。一人絞め殺してもまだ足りなかったから、女官を呼び出して相手をさせた。それだけだ」

「——そうですか」

王の瞳を見つめながら、静かに言った。

腹の底で、獣が唸り声を上げているのが分かる。

百合園でのことが思い出される。あの時から予感はしていた。この男が彼女に惹かれないはずがない。自分とて一目見た時から目が離せなかったのだから。

(彼女が答えなのだ。お前にとっても、私にとっても)

賽は投げられていたのだ。

——彼女に出会った時、既に。

＊　＊　＊

城へ上がる日はあっという間にやって来た。

その日、ピオニーは朝から風呂に入れられ、王から贈られてきたというドレスを着て、修道院の応接室で王宮からの迎えを待っていた。

修道服しか着たことのないシスターたちにドレスの着せ方など分かるはずもなく、仕方なく経験のあるリコリスが着せてくれたのだが、彼女も着せられる側で、着せた経験はないので、二人で四苦八苦しながらやって、なんとか様になったというていである。

豪奢なドレスはとても美しいけれど、重いし苦しいしで、ピオニーは既にくじけそうになっていた。

（リコリスったら、コルセットを締めすぎたんじゃないかしら……？）

コルセットを着ける際に、リコリスはピオニーを柱に摑まらせると、なんとその腰に足をかけるという淑女らしからぬ恰好をして、コルセットの紐をこれでもかこれでもかと、親の仇のようにグイグイと引き絞ったのだ。

『いつも侍女がこうやって着けてくれるんだから、間違いないわ！』

自信満々にそう言われたが、肋骨が折れてしまいそうな状況に、絶対嘘だと思ってしまった。それでも、普段淑女らしい所作を心がけているリコリスが、汗をかき、肩で息をしているのを見て、ここまでやってくれるのだからと口を噤んだ。文句など言えるはずがない。

苦しいながらもリコリスに礼を言い、再会を誓って抱擁をした後、ピオニーは応接室へと移された。

そこのソファに腰かけているのだけれど、座っているだけなのに苦しくて呼吸が浅くなる。できれば横になっていたいが、修道院長が目を光らせているのでままならない。我慢して背筋を伸ばして椅子に座っていると、部屋の扉がノックされた。

「はい」

返事をすると扉が開き、シスターの声がした。

「おいでになりました」

ドキリ、と心臓が鳴る。それはときめきのような甘い音ではなかった。どちらかと言えば、恐怖に近い。

アーネストのあの蛇のような藍色の目が脳裏を過り、フルフルと小さく頭を振った。思い出せば思い出すほど、嫌悪感しか湧いてこない。

容姿は驚くほどザックに似ていたはずなのに、あの粘着質な暗い光を宿した眼差しが鮮烈すぎて、どうしても好意を抱けずにいた。

(……こんなことで、本当にやっていけるのかしら……)

せっかくリコリスに叱咤激励(しったげきれい)されて、前向きにこれからの人生を歩んでいこうと思えたのに、アーネストのことを思い出すと、途端に奮い立った気持ちが萎(な)えてしまうのだ。

(でも、全ての事柄は自分次第なのよ)

理不尽は、おそらく誰の身の上にも降りかかるものだ。全てが自分の思い通りの人生を送っている、という人などいない。大なり小なり納得できない困難を抱えながら、それでも生きているのだ。

婚約者と幸せな人生を約束されていると思っていたリコリスだってそうだった。てっきり想い合った人が相手なのだとばかり思っていたが、そうではなかった。お互いに好きではないけれど、家のために結婚をするのだと言っていた。そしてそれを受け止めて、前を向いて進んでいるのだ。

受け止めて生きていく上で、自分が幸福かどうかを決めるのは、自分しかいない。

『私は幸せよ。婚約者に恋はしていないし、彼には他に好きな人がいるって言われたけれど、私たちの間には友情があるもの。友情だって愛情でしょう？　愛情を抱ける人と生涯を共にできると思うと、それはとても素敵な人生だと思うから』

誇らしげにそう言った後、「ただ、もっと幸せがあるかもしれないって、余所見をしたくなるのが私の悪い癖なのだけれどね」と付け加えたのは、いかにもリコリスらしいと笑ってしまった。

自分はリコリスのように、今の状況を幸せだと思うことができるだろうか。

（――いいえ、思えるようになるべきだわ）

だって、その方が絶対得だ。同じ状況を、自分は不幸だと自己憐憫に浸って生きるより、自分は幸福だと思って生きる方がよほど有意義に思えるから。

目を閉じて気持ちを落ち着けていると、修道院長が席を立った。

「さあ、では行きますよ、ピオニー」

言われて目を開き、ピオニーは深く息を吐き出した。

「はい」

自分が本当に覚悟を決められたのかどうか分からないけれど、それでも歩んでいかねばならない。そう思いながら、ピオニーは一歩を踏み出した。

門の前には六頭立ての豪奢な馬車が停まっており、その周囲には白馬に跨(また)がった近衛騎士が六名も待機している。

まるで王族を乗せるかのような物々しさだ。

愛妾になるとはいえ、自分は王族ではないのに、と困惑していると、馬車の中から白い乗馬服に身を包んだ長身の男性が現れて、その理由を知った。

背後で「きゃあ」という黄色い悲鳴が上がる。きっと好奇心を抑えられなかった学生たちがこっそりと覗き見をしに来ていたのだろう。声を上げればシスターたちにバレてしまうだろうに、愚かなことだ。だがそれも仕方ない。なにしろ、目を奪われるほどの美貌の主が現れたのだから。

艶やかな白金の髪をなびかせたアーネストは、ピオニーを見つけてその美しいかんばせを綻(ほころ)ばせる。

柔らかいその微笑に、ドキリ、と胸が鳴った。先ほどとは違う、甘い高鳴りだった。

（……？）

ピオニーは立ち止まって首を傾げる。

違和感があった。そこにいるのは確かにアーネスト王であるのに、何故か違うと感じたのだ。それがなんなのか、具体的に挙げろと言われてもできない、そんな曖昧な感覚だった。

ぼんやりと立ち尽くしてしまっていると、修道院長に手を叩かれて我に返った。

国王陛下を前に、膝を折ってもいなかったことに気がつき、慌ててドレスの裾を持ち上げて膝を折る。

「アーネスト一世陛下」

淑女の礼を取り、顔を伏せていると、ピオニーの視界に磨き上げられたブーツが入り込んできた。

「顔を上げて、ピオニー」

囁き声に、胸の裡の違和感がまた膨れ上がる。

（……こんなお声だったかしら？）

自問しながらも、ピオニーはその問い自体を打ち消した。アーネストと会ったのは一度切りだから、ちゃんと記憶できていたか怪しいところだ。それに本人を目の前にして、その声を「違う」と言ったところで、頭がおかしいのかと思われてしまうだろう。

伏せていた顔を上げると、藍色の瞳がこちらを見下ろしていた。

（あ……）

藍色の中に、金や茶が混じる、不思議な色合い——ザックと同じ瞳だった。

（やっぱり、似ている……）

初対面の時と同じことを改めて感じ、ピオニーはまた首を傾げたくなる。似ていると思ったけれど、その後「どうして似ているなんて思ったのか」と自分を疑ったくらい、印象がガラリと変わった人だったのに。

「ようやく会えた」

低い、艶やかな声でアーネストが言った。

おかしなことを言う、とピオニーは眉を寄せる。最初に会ってから三週間ほど経つが、ようやくというほど長い日数ではないだろう。

「あの、まさか……陛下が御自らお越しくださるなんて……」

王宮からの迎えが来るとは聞いていたが、まさか国王陛下が来るとは予想していなかった。国王とはそんなに暇なのだろうか。

戸惑いながらピオニーが言うと、アーネストは緩く首を傾げる。

「早く会いたかったから」

「……」

反応に困って曖昧に微笑んだ。

そんなことを言われても、という思いはどうしてもある。

無理やり愛妾にさせられることへの反発心は消えないし、なによりアーネストという人間を好きになれる気がしなかった。

（……でも……）

ピオニーの手を取って馬車に乗り込もうとする彼の美麗な顔をチラリと盗み見る。こちらに気づいてわずかに口元を綻ばせるその笑顔が、またもや記憶の中のザックと重なって、ピオニーの心臓がぎゅうっと音を立てた。

（こんな表情もする人なのね……）

ドキドキと早鐘を打つ胸に手を当て、気持ちを落ち着かせようとしながら、ピオニーは自分の中のアーネストの印象がまた変わるのを感じる。百合園での傲慢さや強引さにひどい不快感を覚えていたので、彼の印象はとても悪かった。それなのに、今はなんだかザックにとても似ているように思えてしまい、自分でも混乱していた。

（最初もそう思ったけれど、その時よりも、こう……）

表情が似ているのだ。

ザックはいつも無表情でいることが多かったけれど、ピオニーが笑いかけると、とても優しく、柔らかく笑ってくれた。

それは実は、口元がほんの少し綻ぶくらいのものだ。一見、笑顔だとは思えない程度の変化だけれど、ピオニーを見つめる藍色の瞳が澄んだ色で煌めくから、彼が嬉しいと思っていることが伝わってきた。

アーネストの先ほどの微笑みは、ザックのその笑い方ととてもよく似ていた。

(……いやだ、私ったら、単純すぎるわ)

笑い方が似ていたからどうだというのか。アーネストがザックなわけではないのに。ザックであったなら、会った時に必ずそう言ってくれるはずだし、そもそも生まれた時から国王であったアーネストが、あんな辺鄙(へんぴ)な田舎にいるはずがない。

(この人は、ザックじゃない)

ピオニーは改めて自分に言い聞かせる。そうしなければ、この人にザックを投影してしまいそうで怖かった。

どれほどザックに似たところがあっても、百合園で見せたような執拗で粗暴(そぼう)な面を併せ持っていることを忘れてはならない。

やがて扉が閉められ、掛け声と共に馬車がゆっくりと走り出す。ガラガラという走行音が響く中、隣に座っていたアーネストに手を取られた。

「あ……」

愛妾になるのだから、この程度の触れ合いには慣れなくてはと思うのに、やはり戸惑ってしまう。そもそも男性と接触することのない生活だったのだ。

「あ、あの、陛下……」

どうしていいか分からずにそう言った唇に、アーネストの指が触れた。

驚いて目を上げると、思ったよりも近くに天使のような美貌があって息を呑む。アーネストの藍色の瞳の中に、自分の顔が見えた。薄いけれど、柔らかな笑みを浮かべたまま、アーネストの唇が動く。

「ザック」

耳を打った音に、一瞬、呼吸が止まった。

目を見開いて硬直するピオニーに、アーネストはもう一度、同じ名を言った。

「ザックと呼んで。二人きりの時は」

頭の中が真っ白になる。

どういうことだ。嘘だ。やっぱり。そんなはずはない。あり得ない。でも——。

たくさんの言葉が頭の中を巡ったが、何一つ纏まらないまま霧散していった。

けれど、アーネストがザックを知るはずがない。あの幼い頃の逢瀬を、ピオニーは誰にも言ったことはないのだから。あれはピオニーとザックだけの秘密の思い出なのだ。

「い、いやですわ、陛下、からかって……いらっしゃ……」

震える声で必死にいなそうとするのに、アーネストは不思議そうに首を傾ける。

「ザカライア・ミリアンヌ。君がくれた名前を忘れてしまったか？」

今度こそ、ピオニーの心臓は止まったに違いない。こんな大きな衝撃を受けたのは生まれて初めてなのだから。

「うそ……嘘でしょう……？　本当に、ザックなの……!?」

吐き出した声は掠れ切っていたけれど、それを気にする余裕などない。

ピオニーは震える手を伸ばして、彫刻のように美しい頬の輪郭に触れた。肌は相変わらず滑らかで、けれどその皮膚の下に感じる骨格は、あの頃よりずっと太く、男性的だった。

「本当に、ザックだ」

「ほ、本当に？　本当……？　これは、夢ではないの……？」

頷かれても目の前の奇跡が信じられず、けれどもう二度と手放したくなくて、ピオニーはしつこいくらいに繰り返した。

会いたかった。これまでどれほど会いたかったか！　引き離されて、寂しくて、気が狂いそうなほど恋しくて、それでも会えない事実に、半分不貞腐れた気持ちで諦めた。そうしなければ、立ち上がることができなくなってしまうと分かっていたから。

目頭が熱い。涙が込み上げてきて、鼻の奥がつんとする。

「本当だ。疑うなら、もっと触れてみればいい。私はここにいる」

ザックは、自分に触れるピオニーの手を摑んで口元に引き寄せると、その掌に口づけをした。

「あ……」

温かく、柔らかい感触。確かな質感と温度に、ごくりと喉が鳴る。

ザックが顔を上げた。視線が絡み合い、どちらからともなく腕を伸ばして、しがみつくように抱き合った。

「ザック……！　会いたかった……！　ずっとずっと、会いたかったの……！」

「私もだ。遅くなって、すまなかった」

縋りついた胸は、記憶よりもずっと広く、逞しい。けれどあの頃のまま、檜のような緑の匂いがした。

「ああ、本当に、ザックなの……？」

涙の絡んだ声で呟くと、大きな手に顎を抓まれる。

「ピオニー。君は昔、私を君の父上と母上にしてくれた」

改めてそう言われると、苦笑してしまった。

子どもの頃とはいえ、我ながらなんて奇妙なことを言ったものか。

「ええ、そうね。男の名前と女の名前をいっぺんに付けて、変だったわよね。ごめんなさい」

謝ると、ザックは白金の髪をサラサラと揺らして首を横に振った。

「私は嬉しかった。君の家族にしてもらえたことは、私の人生の中で一番の幸福だ。だがもう、君の父と母というだけでは満足できない」

「え……」

ドキン、と胸が高鳴る。

自分の顔にサッと朱が走ったのが分かったけれど、それを隠すには、ザックの顔が近くにありすぎた。変化の少ない、無表情に近い美貌が、息がかかるほどの距離まで迫っている。

「ピオニー、少し時間がかかってしまったけれど、ようやく準備が整ったのだ。遅くなってすまなかった。迎えに来たよ。どうか、私の妻になってほしい。……愛している」

その言葉を聞いた途端、ピオニーの胸いっぱいに幸せが膨らみ、ドッと涙が溢れ出た。

感情が極限まで高ぶると、人は悲しくなくとも涙が出るのだと、ピオニーは生まれて初めて知った。

「――ピオニー……」

ピオニーの涙に狼狽えたのか、ザックがわずかに眉根を寄せる。藍色の美しい瞳に陰りが生じ、ピオニーは慌てて涙を拭って「ち、ちがうの！」と否定した。

「これは、この涙は……う、嬉しくて……」

自分で言って、ああ、そうか、とピオニーは納得する。

あまりに現実味のない出来事に動転してしまっていたが、これはつまり、長年見続けていた――そして諦めていた夢が叶ったということだ。

両親を喪い、孤独の中を彷徨っていたピオニーを支え、家族になってくれたザックが、迎えにきてくれたのだから。

思い至った瞬間、これまでずっと抑え込んできた、あの幸せだった二人きりの世界への憧憬がドッと押し寄せてきて、胸がいっぱいになった。

「……ザック……わ、私、ずっと……ずっと、待っていたの……」

声に涙が絡む。

思い返せば、両親を喪って以来、自分の人生はずっと孤独に付き纏われていた。愛してくれた人たちは、みんないなくなってしまう。悲しさに泣き、切なさに耐えても、自分のそばに人が残ることはなかった。いつしか諦め、孤独の中に身を置くことを受け入れながらも、ピオニーは心の奥底では、ザックを探し求めていた。

ザックは彼女を孤独から救い上げてくれた唯一の存在だったから。

あの森で、二人で過ごした日々は完璧だった。彼といれば、何も要らないと思えた。孤独や空虚など入り込めないほどに、満たされていたのだ。

「あなたは、私の人生の、最後の希望だったの……」

だから、思い出さないようにしていた。最後の最後に、自分は孤独ではないのだと信じられる、一縷の望みを壊したくなかったから。

ピオニーが呟くと、ザックが長い睫毛を伏せて静かに微笑んだ。

「……私もだ。君は、私にとって、唯一無二の希望だ。君以外に、望むものは何もない」

その言葉に、ピオニーは「ああ」と小さく感嘆し、瞼を閉じる。

全く同じだ。同じ想いを抱えて、彼も生きてきたのだろう。

自分たちが抱えるこの感情は、リコリスが語る愛とか恋とかとは多分違う。

父や母に対する愛情とよく似ていて、自分から切り離せない——例えるなら、自分の血や肉そのもののような感情だ。本能的で、根源的で、決して覆せない愛情。

「……嬉しい」

泣き笑いを浮かべて言うと、ザックは眉間に寄せた皺を深くしているのに、目を丸くするという、なんとも言えない顔をして、ピオニーを掻き抱いた。

ぎゅうぎゅうと抱き締められて、胸板に押しつけられた頬が痛いほどだったけれど、ピオニーは笑う。彼になら、何をされても嬉しかった。

「ピオニー……キスをしても?」

囁くように問われ、目を瞬く。なんだが不思議な気がした。

ザックからのキスが嫌なわけがない。だが、ピオニーの意思を尊重していることが分かるから、そんなところも嬉しくて、はにかみながら頷いた。

その時、頭のどこか片隅に、百合園での彼の狼藉が蘇ったが、ピオニーは気づかないふりをしてそれを奥底へと押し込めた。

あの日のことは深く考えず、今はただ、この甘い幸福に浸っていたかった。

赤くなった頬をそのままに、ピオニーは顔を上げザックを見つめて頷いた。

その答えに甘い微笑を浮かべ、ザックの美しい顔が近づいてくる。

頷いたくせにやはり恥ずかしく、ぎゅっと目を閉じると、唇に柔らかなものが触れた。

(——そう、こんな感触なのね、キスって……)

ザックの唇はベルベットのように滑らかで、重なった瞬間は冷たい気がするのに、すぐに熱くなる。その感覚が面白いと感じていると、不意に濡れたものが唇を這って、驚いて瞼を開いた。

ぼやけた視界に、藍色が映る。目を凝らすと、それはザックの瞳だった。

濡れたものはまだ唇の上にあって、藍色の瞳が甘く揺れた途端、ぬるりとピオニーの歯列を割って口内に忍び込む。

「ッ、ん、む」

口の中で動くものが彼の舌だと、この時にはさすがにピオニーも分かっていたが、まさかこんなことをされるなんて思いもよらず、目を白黒させて呻いた。

そんな彼女を宥めるように、ザックの手が背中をさする。その手の温かさと優しさに、ピオニーが強張らせていた身体をおもむろに弛緩させると、まるで「よくできました」と言うように、彼の舌がピオニーのそれを舐めた。

「ん……ぁっ」

舌を絡めて擦り合わされると、首の後ろに甘い慄きが走る。

ザックの舌が動くたび、口の中で唾液が掻き回されて水音が立った。その音が妙に気恥ずかしくて、身を竦めたくなるのに、何故か身体に力が入らない。

(ザックの舌……味がする)

爽やかなミントのような味だ。一度だけ、リコリスからもらってミントキャンディを食べたことがあった。あの味とよく似ている。

他人の舌の味を知る日が来るなんて、これまで想像したこともなかった。

ザックの手が背中から首筋へと這い上がって、結い上げた項の毛に触れる。もっとはっきり触ってくれればいいのに、掠めるような触れ方をするものだから、ブルリと身を震わせてしまった。

「う、ふ、ぅんっ」

それでやめてくれると思ったのに、ザックはやめないどころか、ピオニーが一番くすぐったく感じる耳を指で弄り出す。

「ん、ん、っ……！」

ぞわぞわ、ゾクゾク、と身体の中に妙な疼きが溜まっていく。

（なに、これ……変っ……！）

くすぐったいのに、甘い。

やめてほしいのに、もっとしてほしい。

初めて味わう両極端な願望に、眩暈がしそうだった。

口を塞がれているので呼吸も上手くできず、段々と頭がぼうっとしてきてしまう。

これ以上はダメだ、と本能が危険を察し、力の入らない手で必死に彼の肩を叩いた。

「ん、ぁ、……ふ、だめ、ザック……」

ぴったりと寄せられた彼の身体との間に腕を差し込んで、なんとか少し唇を放してそう言えば、ようやく事態に気がついたらしい。

けれど、ザックが慌てて解放した時には、ピオニーは半分意識を失いかけていて、ぐったりと彼に凭れかかったのだった。

＊　＊　＊

初めての口づけにすっかり腰が抜けてしまったピオニーは、ザックに横抱きにされて王宮入りすることとなった。

さすがに恥ずかしいし情けないので、なんとか自分で歩くと言ったのだけれど、ザックが聞き入れなかったのだ。

王の帰還に、王宮中の使用人たちが集まって出迎えをした。

「皆、この美しい人が、私の寵姫であるピオニー・ガブリエラ・マーシャルだ。私の宮の主として、よく仕えるように」

（……私の宮？　ここは離宮ということかしら）

てっきり王宮なのだと思っていたが、愛妾を主とする宮となれば、王宮であるわけがない。なにしろ、ザックには正妃がちゃんといるのだから。

そう考えて、ズキリと胸が痛んだ。

（そうだったわ。ザックには、私ではない正式な奥様がいるんだった……）

どうして忘れていられたのだろう。ザックと再会できた奇跡と、その人と想いを交わし合った幸福感に酔いしれて、都合の悪いことを考えないようにしていたのかもしれない。

（ザックは、国王陛下なのだもの……。相応しい女性がその正妃として立たなければならないのは、当たり前よ）

正妃様は、確か隣国の王女様だったはずだ。

名ばかりの元侯爵令嬢であるピオニーには、逆立ちしても勝てない強力な後ろ盾だ。

自分よりもずっとザックに相応しい。

そう頭では分かっているのに、胸の奥にもやもやとした黒い嫉妬が渦巻いていて、いくら落ち着かせようとしてみても、収まる気配を見せなかった。

ザックに、他の人を見てほしくない。自分だけの彼でいてほしい。

（いけない、私……！）

この感情は、だめだ。

ピオニーは咄嗟に息を止めて、腹の中の黒いものに蓋をした。

これは、絶対に開いてはいけない蓋だ。一度開けば瞬く間に増殖し、ピオニーの中を埋め尽くす病魔のような感情だ。

呑み込まれれば、自分はおろか、他の人までも破滅させる恐ろしいもの。

（私は、愛妾――）

ピオニーは瞼を閉じて、自分に言い聞かせる。

正妃ではなく、愛妾。王の隣に立つ者ではない。それを理解して、分相応な生き方をしなくてはいけない。

（ザックのそばで生きるために……！）

己が一歩踏み出した人生に、改めて覚悟を決めた時、一際身分の高そうな女官がスッと頭を下げて「恐れながら」と言った。

ピオニーを抱えたまま歩みを止めたザックが、無表情でそちらを見る。

「なんだ」

「ご寵姫様のことは、なんとお呼びすれば」

「ああ、名か。……そうだな、『レディ・ピオニー』と。ピオニーは別名を『花の王』と言うからな。この世の誰よりも気高く愛らしい、我が寵姫に相応しい通り名であろう」

そう言って、ザックがトロリとした甘さを含んだ笑みを浮かべ、ピオニーの頬にキスをした。すると周囲から「おお」とか「まあ」というさざめきが起こる。

使用人たちから呆れられているのではないかと、ピオニーはヒヤヒヤしてしまうが、ザックは全く意に介する様子もなく、スタスタと歩いて行く。

やがて大きな扉の前に立つと、彼はチラリと背後へ目をやってから言い放った。

「これよりは呼ぶまで誰も部屋に寄せるな」

「御意」

誰も付いてきていないと思っていたピオニーは、ギョッとして後ろを見た。するとザックの肩越しに一人の護衛騎士の姿があって感嘆の声を上げる。

「気配を全く感じなかったのに」

呟きに、ザックが感情ののらない声で答えた。

「王の護衛の者は、皆気配を消す程度のことができなくては務まらない」

「ああ……」

そう言われてみれば、とピオニーは思い出す。

「修道院で会った時にいた、仮面をつけた護衛の人。あの人も、確かに気配があまりなかったわ。王の護衛がみんな仮面をつけているわけではないのね」

何気なく言った台詞に、自分を抱きかかえるザックの腕の筋肉が強張るのを感じた。

不思議に思って顔を見ると、きつく眉根を寄せた厳しい顔つきになっていて、ピオニーはまた驚いてしまう。

「どうしたの？」

「仮面の護衛には近づくな」

ザックの声は硬かった。そのことに妙に不安を煽られて、背後を見ると、そこにいた護衛も厳しい顔つきで頷いている。

「な、何かあったの……？」

訊ねながらも、ピオニーは仮面の騎士のことを思い出していた。

あの時のザックはとても感じが悪く、まるで勝手に彼の所有物にされたような気持ちになって震えていたピオニーに、仮面の騎士は「大丈夫」だと声をかけてくれた。

（優しい人のように感じたのに……）

彼が何をしたのだろう、と不思議に思っていると、ザックが低い声で言う。

「あれは信用できない者だ」

「え……」

誠実そうな印象の人だったのに、と驚く反面、確かにザックとの折り合いは悪そうな雰囲気だったのを思い出した。確か、ザックは彼に対して『王太后の犬めが』などと罵っていた。

「あれは元々王太后のもとにいたものだ。私を監視するために、王太后が強引に捻じ込んできた。私が王太后の意に染まぬ行動をすれば、殺すことも厭わないだろう」

ザックの口調は淡々としていたが、その内容の恐ろしさにピオニーは思わず彼の首に腕を回してしがみつく。

「そんな……！」

もしザックが死んだら、と思うと、震えが止まらなかった。一度幸福を味わってしまえば、その味を知らなかった頃には決して帰れない。彼がいない人生など、あってないようなものだ。

ザックは震えるピオニーの頭に口づけを落とすと、「大丈夫だ」と囁いた。

「私はそう簡単には死なない。鍛えているからな。だが、君は別だ、ピオニー。私の寵姫であることから、君が狙われてもおかしくない。だからあの護衛には決して近づいてはいけないよ」

「で、でも、王太后様は、あなたのお母様なのでは……？」

当然の疑問だろう。母ならば、子を殺すわけがない。亡くなった自分の母を思い返してそう言ったピオニーに、ザックが困ったような微笑みを浮かべて呟いた。

「……王太后は私の生みの母ではない。王太后の侍女が父王の目に留まり、側室となった。その腹から生まれたのが私だ。母は私を産んだ時に亡くなっているから、王太后が私を養子とし、後見人となった」

静かに吐き出された言葉に、ピオニーは目を瞬く。

アーネスト王が先王の亡くなった日に生まれたというのは、有名な話だ。彼が生まれていなければ、王位を巡って国が混乱に陥っていただろうと言われていて、アーネスト王は『運命の王』とも呼ばれていた。

(……でもまさか、お母様まで、生まれた時に亡くなっていたなんて……)

自分がこの世に生を受けた日に、両親を亡くしているなんて、なんて悲しい運命なのだろうか。

そして、後見人となった王太后は、ザックの摂政として政治を担っていたと聞いている。穿(うが)った見方をすれば、自分が政権を握るために、王子の養母になったとも言えるのではないか。

　ピオニーの予想は、ザックの一言で肯定される。

「この国は、一枚岩ではないのだ」

　長い睫毛を伏せて言うザックの表情は、温かみのない、冷徹なものだった。

　施政者の顔だ、とピオニーは思う。そして同時に、肚にズシリと重みを感じた。

（そうか。ザックは王なのだわ）

　彼を取り巻く世界は、敵、味方、と単純に分けられるピオニーの知る小さなそれとは全く別物なのだ。

　背中がヒヤリとした。未知の場所へ行く心許なさは、恐怖に近い。

　だがそれでも、今ようやく取り戻せたこの手を、また手放すなんてとても考えられなかった。

（そこにザックがいるなら）

　彼と引き離されることの方がよほど恐ろしい。

　ピオニーは黙ったまま、ザックにしがみつく腕に力を込めた。

　寝室に入ると、そこには大きな天蓋付きのベッドが置かれていた。

　こんなに大きなベッドを見たのは生まれて初めてだったピオニーは、思わず「うわぁ」

と子どものように歓声を上げてしまった。

両親の寝室のベッドも、これほど大きくはなかっただろう。

そんなピオニーに、ザックは小さな笑みを漏らすと、彼女をその上にそっと下ろした。

「すごいわ、なんて大きなベッドなの！　私が十人は寝られるんじゃないかしら」

縦横ともに、これまで修道院で使っていたものの三倍以上はある。しかもベッドは信じられないくらいふかふかで、手をつけばその手が沈んで、動きづらいほどだった。

「まるで雲の上にいるみたい！　ねえ、ほら、覚えている？　昔、お母様に読んでもらった絵本の話をしたでしょう？　そこに、絨毯に乗って雲の上まで飛んでいく物語があったのよ。このベッド、それみたいよね」

はしゃいでザックにペラペラと喋りかけて、ハッとなる。

（しまった。彼はもう国王陛下なのに）

つい子どもの頃のままの気分で接してしまい、焦って口を噤んだ。

急に黙り込んだピオニーに、ザックが不思議そうに首を傾げる。

「どうした？」

「いえ……ごめんなさい。つい気持ちが高ぶって。あなたは国王陛下なのに、昔のままで接してはいけないわよね。それに、私だってあなたの愛妾としてここにいるんだもの。こんなに、子どもみたいにお喋りなのはよくないわ」

立場というものをちゃんと理解しなければならない、と背筋を正したピオニーは、ザックの顔が曇ったのを見て目を見張る。

「君はそのままでいい。そして君は愛妾じゃない。私の妻だ」

「……ザック……」

どう反応すればいいのか分からず、曖昧に微笑んだ。正妃が既にいる以上、そしてピオニーに後ろ盾がない以上、現実は変わらない。それでも、ザックの心の中では、自分を妻として扱ってくれるという意味なのだろうか。

その気持ちは嬉しい。だがピオニーは、正妃のことを思わずにはいられない。

夫が自分以外の女性をそばに置くことを知ったら、きっと心穏やかではいられないだろう。

自分だったら、相手の女性をひどく憎んでしまうかもしれない。

（私がここにいることで、確実に正妃様を苦しめているはず……）

罪悪感が、どうしても拭えない。その上、ピオニーは正妃に嫉妬を覚えていた。

ザックの隣に立つ女性のことを想像するだけで、胸にもやもやとした黒いものが込み上げてくる。

（なんて、恥知らずなの……）

ザックの妻は、正妃だ。正当な、正しい存在。邪(よこしま)なのは愛妾である自分だ。嫉妬を抱くなんて烏滸がましいにもほどがある。

(……でも、私は、ザックが欲しい……)

恥知らずでも、邪でも、ピオニーにとってザックは唯一無二の——幸福そのものだ。幼い頃、二人でいた時のあの完璧な世界は、どちらかが欠ければ完成しない。ピオニーはザックがいなければ、あの幸福を得ることはできないのだ。

引き離されてからずっと、彼との思い出に縋るように生きてきた。もう諦めて半分死んだような人生を歩むことを覚悟していた矢先に、やっと巡り会えたのだ。

(もういや……！　あんな——ただ生きていくだけの、虚しい灰色の世界に戻るなんて……！)

ザックを諦めることなどできない以上、今抱えている葛藤は、呑み込んで受け止めなければいけない感情なのだ。

「嬉しい、ザック……」

だから、ピオニーは笑って彼に腕を伸ばす。

ザックの愛妾でいることが、自分の矜持だ。彼を欲しいと思うなら、正妃に憎まれることを覚悟しよう。

ザックはピオニーの腕を拒まず、抱き寄せられると同時に唇を重ねる。

キスはすぐに深くなったが、ピオニーはもう驚かなかった。自分とザックは、女と男だ。

互いに求め合っているのだから自然なことなのだろう。

「ピオニー……」

キスの合間に、ザックが名を呼んだ。熱い吐息に戸惑いを覚える。

求められているのが分かる。彼が求める先に、何があるのかも、理解している。

そしてザックの欲望に合わせるように、自分の呼吸も身体も、同じように熱くなっていくのを感じた。

これが欲望なのだ。

——彼を愛するということ。愛されるということ。

正直に言えば、今のピオニーには、性愛と親愛の区別はついていなかった。

自分はザックを愛している。けれどそれは、まだ昔のままの感情だ。幼い頃、死んだ両親の代わりに家族になってくれた、美しい少年への親愛と執着。

誰よりも強くザックを欲していると思う反面、それは抱き合いたい、交じり合いたいという欲求には繋がっていない。

幼い頃に修道院に放り込まれたせいもあるのだろう。ついこの間まで、ピオニーにとって異性は遠く、お伽噺の中の存在のようなものだったのだ。

それでも、今自分に触れている手が、唇が、嫌だとは思わなかった。

彼が望むのならば、自分を与えたい。あの幼い日に、温もりを欲したピオニーの手を握ってくれた彼になら、この髪も、唇も、肌も——いくらだって惜しくない。

「ザック、好きよ」

ピオニーが微笑んで囁くと、ザックが一瞬何かを堪えるように目を閉じる。

そして彼が瞼を開いた瞬間、伸し掛かられて、背後へ押し倒された。柔らかなベッドの中にボスリと埋もれた衝撃の後、ザックの掠れた声がした。

「君を抱く」

見上げると、藍色の瞳があった。いつも穏やかで謎めいた色を湛えていたその瞳が、ギラギラとした光を放ってこちらを見下ろしている。

ゾクゾク、と身体の芯が震えた。

それは不思議な感覚だった。ザックの欲望に濡れた眼差しは、獣のようだ。丸呑みにされそうなのに、怖くない。それどころか、お腹の奥に妙な興奮が生まれるのを、ピオニーは感じていた。嫌な気持ちではない。ゾクゾクして、もっと彼のその瞳を見たかった。その目で見られることが、心地好かった。

ザックの欲望に晒され、自分もまた彼に欲望を抱いているのだと、本能で分かる。

(……多分、こうなるのは必然なんだわ……)

触れ合うことへの違和感は、彼への愛情に溶けて混じり、把捉(はそく)へと変わった。

女学院では肉欲は罪だと教えられる。これまでピオニーは何故それが罪なのか分からなかった。肉欲がなければ人は子孫を遺せない。神の教えに従えば、人は滅びゆく定めということになるではないか、と。

だが、今、合点がいった。

確かに、肉欲には抗いがたい引力がある。ザックに求められる心地好さは、麻薬のような満足感をピオニーに与えた。

求め、求められる多幸感は、遠いあの日、二人だけの世界で味わったものと同じだ。

「ザック……」

幸福に酩酊しながら、ピオニーはうっとりと呟いて、彼へと両腕を伸ばす。

ザックを抱き締めたかった。――あの頃と同じように。

だがピオニーの手は、目的を達する前に彼に摑まれ、頭の上に押しつけられた。それと同時に嚙みつくようなキスをされ、口内を文字通り蹂躙される。

「んっ、ふ、んぁ、んん、んっ……！」

キスに溺れる間にも、ザックの手が荒々しくピオニーのドレスを剝ぎ取っていった。あまりに乱暴な手つきなものだから、ドレスからブチ、ビリ、などという音がするが、キスで翻弄されているピオニーには気にする余裕などない。

ザックの猛攻に、けれど貴婦人のドレスはなかなかにしぶとく、焦れた彼は一度キスを中断して身を起こすと、ガバッと着ていたコートを脱ぎ捨てた。豪奢な上着の下から露わになったのは、艶のある白い絹のブラウスの上に身に付けられた、黒いなめし皮のナイフホルダーだった。装飾のない実用一辺倒といった武骨なダガーが、そこに忍ばせられている。

すぐに抜き取れる仕様になっているのだろう。ザックはスルリとダガーを引き抜くと、その刃を閃かせてピオニーに向かって下ろす。

不思議なことに、自分に刃物を向けられているというのに、ピオニーは全く恐ろしさを感じなかった。それどころか、ダガーを扱う彼の迷いのない動きが舞のようで、美しいとさえ思い、見入ってしまっていたほどだ。

ザックの顔は相変わらず無表情だ。彼は優雅に手を動かし、ピオニーの衣服を引き裂いていった。布を裂き、紐を切り、コルセットを分解して、中のピオニーを暴き出す。

ピオニーの肌を露出させ終わると、ザックはダガーをホルダーにしまった。そして衣服だったものの残骸を、ポイポイと投げ捨ててベッドから落とすと、上からじっとピオニーの全身に目を這わせ、ため息をつく。

「……きれいだ」

丸裸にされて、彼の視線を受けたピオニーは、顔から火が出そうなほどに恥ずかしかったけれど、隠そうとは思わなかった。

これは、ありのままの自分を晒す行為なのだと感じたからだ。

そして、ありのままの相手を受け止める行為だ。

だからピオニーはザックにも求めた。

「あなたも脱いで」

ザックも同じ気持ちでいてくれたのだろう。無言で頷き、まずナイフホルダーを慎重に外した後、手早く全ての衣装を脱ぎ捨てた。

生まれたままの姿になったザックは、息を呑むほど美しかった。

がっしりとした肩に、広い胸、そして筋肉の隆起が美しい腹。

腕や脚は長くて逞しく、形は驚くほど男性的なのに、その肌は滑らかで、古の天才彫刻家が造ったと言われる、巨大な天使像を思い出す。

断罪の天使で、一糸纏わぬ姿で雷鳴の槍を持ち、下界の罪人へ投げようとしているものだ。天使だから当然完璧な肉体として表現されていて、ザックの裸体はそれととてもよく似ていた。

想像よりもずっと逞しく、引き締まった肉体に、ピオニーは目を奪われてしまう。

貧相な自分の身体とは、正反対と言える。

彼が男性なのだと、強烈に意識させられた。

分かっていたはずなのに、現実はあまりに鮮烈だ。

「……なんてきれいなの」

思わず思っていたことが口から出てしまい、ザックに小さく笑われた。

「それはこちらの台詞だ」

「……私は、あなたのように美しくなんか……」

完璧な美しさを持つ彼と比べ、やせぎすで女性としての美に欠ける自分とでは、あまりに差が激しい。自嘲めいた笑みを浮かべると、ザックが呆れたように呟いた。

「私が何を美しいと思うかは、君が決めることではない」

そんな哲学めいた切り返しをされるとは思っていなかったので、なんだかおかしくなって噴き出した。

(そうだったわ。ザックはこんなふうに、理屈っぽい子どもだった)

そんなことを思っていると、ふと百合園でのことが思い起こされた。あの時の傲慢なザックのふるまいは、なんだったのだろうか。

虫の居所が悪かったと思えばそれまでなのかもしれないが、やはり違和感は拭えない。

「ねえ、ザック。……百合園でのこと、覚えている?」

ピオニーは切り出した。裸の状況でこんなことを、と思ったが、どうしても不思議だったのだ。

「百合園で、どうしてあんなに酷い態度を取ったの? 私、あんまり酷いから、あなたはザックに似ている別人だと思ったのよ」

ピオニーの問いに、ザックは一瞬眉間を寄せたが、すぐに元に戻すと、小さく息を吐いた。

「あの時は、仮面の護衛が一緒だっただろう。あの男の目を欺く必要があった。王太后は、私がある程度愚かである方が安心するから」

「ああ……！　なるほど、そうだったのね……！」

ピオニーは感嘆の声を上げる。

さっき『この国は一枚岩ではない』と言っていたように、王太后は彼の敵なのだろう。その目を欺くために、わざと酷い態度を取っていたのだ。

得心のいったピオニーは、すっきりしてクスクス笑い出した。

そんなピオニーに、ザックは不可解そうにしながらも、ピオニーの頬にキスをしてくる。

「何を笑っている？」

「だって、あなたって、昔から変わっていないんだなって……」

そのことに安心したのだ、と言いたかったのに、ザックは少しムッとしたらしく、ピタリと動きを止めた。

「……では今から、少しは大人になったところを見せなくては」

「えっ……」

ザックは言うや否や、ピオニーの小さな胸を鷲摑みにした。

いる。

だがザックは気にしていないようで、興味深そうに指を動かして、ピオニーの肉を捏ねている。

「あっ！」

仰向けに寝ているせいもあり、ピオニーの胸は男の人の大きな手には物足りない質量だ。

「柔らかい」

「や……」

感想を述べられて、顔にカッと血が上った。妙に恥ずかしさが込み上げて、両手で顔を覆う。だがすぐにザックに叱られた。

「顔を隠すな。見たい」

「えっ……」

「君は全部私のものだ。私には見る権利がある」

ザックの理屈はよく分からないけれど、それが閨での作法なのかもしれない、と渋々手を下ろすと、満足げな声で頷かれる。

「それでいい」

「あ、あの、私、閨事の作法が分からないの。教えてくれる人がいなくて……」

女学院で教えてくれる人がいたら、それはそれで大事だろう。致し方ないこととはいえ、初めての事態に不作法をして彼の気を悪くさせるのが嫌だった。

「あの、おかしなことをしたらごめんなさい。どうすればいいか、教えてくれたら……」

言い募るピオニーの唇に、ザックが指を置いて止めた。

彼の顔を見上げると、少し困ったような笑みを浮かべてこちらを見ている。

「初めての閨だ。君にどうしてほしいかなど、私にも分からない。だから今は、私のすることを全て受け止めてほしい」

「ザック……」

そうか、彼を受け止めればいいのか、とピオニーは安堵した。それなら今の自分にもできそうだ。

コクリと頷くと、ザックは微笑んで唇にキスを落とした。

柔らかな唇は、そこからピオニーの顎を滑り、首へと伝い降りていく。彼女の皮膚を時折舐(ねぶ)ったり、食(は)んだりしながら胸の先まで辿り着くと、その上に揺れる小さな飾りをパクリと食べる。

「ひ……！」

敏感な胸の先が生温く濡れたものに覆われて、ピオニーはビクンと身を揺らした。

誰かの口の中に自分の身体の一部がある状況も初めてだったし、よりにもよってそんな場所をザックに、と思うと頭の中が混乱した。

生まれたばかりの赤子に、母がお乳を飲ませる行為に似ているが、絶対違うのは分かる。その証拠に、ザックに乳首を吸われると、胸がドキドキとして妙な衝動に駆られるのだ。下腹部にじくじくとした甘い疼きが生まれて、身を捩りたくなるような、切ないような、言葉で表現するのが難しい奇妙な心地になってしまう。

赤子にお乳をやる母親たちの表情は聖母のようで、こんな落ち着かない変な衝動に駆られていたとは考えにくい。

必死に四肢を強張らせてムズムズする感覚に耐えていると、ザックがようやくチュルリと音を立てて、舐めしゃぶっていた乳首を解放する。

「ああ、硬くなった」

ピン、と指で弾かれ、ピオニーは仔犬のように「きゃん」と鳴いた。

その声に、ザックがフッと吐息のように笑う。

「良かった。声を出さないから、感じてないのかと思った」

「か、感じる……？」

彼が何を言っているのか理解できず、言われたことを繰り返すと、ザックはニコリと微笑んだ。

「そう。気持ちいいと感じると、君の身体が私を受け入れるための準備をする」

（ああ、これは、気持ちいいということなのか……）

初めての感覚で戸惑ってしまったが、確かにそう言われてみれば気持ちいいのかもしれない。

そんなことを思っていると、ザックがもう片方の乳首に舌を這わせた。

「あっ……」

いつもよりも感覚が鋭敏になっているのか、片方を刺激されると、弄られていない方まで疼き出してしまう。堪らずモジモジと腰をくねらせると、ザックは分かっている、というように笑い、もう片方を指で捏ねてくれた。

「ぁあっ……！」

両方を一度に刺激されると、びっくりするほど強い刺激がピオニーを襲う。胸を弄られているのに、お腹の底を甘く痺れさせ、身体中の血を熱くしていった。

「あ、ん、ん、ぁああっ、ザック……なにか……」

胸ばかり弄られて、頭が変になりそうになった頃、ようやく解放された。

唾液に濡れた乳首が口から出されて空気に晒されると、妙にヒヤリと感じてしまう。それすらも刺激になって、ピオニーはピクンと震えた。

覆い被さるように伸し掛かっていたザックが身じろぎをして、ピオニーの脚の間に腰を据える。脚を大きく開かされた体勢にギョッとなったが、彼のすることを受け止めると決めたのだから、拒んではいけないと我慢をする。

ザックの指が、申し訳程度に生えている赤い陰毛を梳くように撫で、その下にある小さな突起を掠めた。

「ひ、ぁっ」

ただ触れられただけなのに、その刺激は強烈だった。甘い痺れが脳髄へと伝い、腰が跳ね上がる。甲高い声を発したのがお気に召したのか、ザックはそこを集中的に弄り始めた。指の腹で優しく円を描くように撫で回されると、痺れがどんどんと身体の中に溜まっていって、何かが破裂しそうな感覚に襲われる。

「あ、ぁあっ、ん……んぁあ、も、だめ、だめぇ……っ」

何がだめなのかもよく分からないまま、ピオニーはイヤイヤと頭を振った。それなのにザックは指の動きを止めてくれず、ピオニーの身体の熱は上がる一方だ。四肢が強張ってプルプルと引き攣って、背中が弓のように撓る。

ギリギリまで引っ張られた細い糸の上に立っている――そんな緊迫感の中、パ、と目の前に光が飛んで、五感が無になる瞬間が訪れた。

「ぁあ……！」

悲鳴は掠れていた。自分が抜け殻になってしまったかのような感覚の後、ドッと心臓の音が鼓膜に響いて、全身から汗が噴き出した。

「あ……」

ド、ド、ド、ドという激しい鼓動の音を聞きながら、力の抜けた四肢をシーツの上に投げ出していると、つぷり、と蜜口に指が埋められるのを感じた。

「……ん、ぁ、まって……」

全身がぐったりとしていて、上手く身体に力が入らない。

少し休憩させてほしいと制止した声は、ザックの荒い息で遮られた。

「待てない。すまない」

ザックの顔は強張っていた。ハ、ハ、という小刻みな呼吸と、獣のような鋭い眼差しに、ピオニーは息を呑む。

本能を丸出しにした彼の表情に、自分の中の雌が蕩け出すのを感じた。じわり、と下腹部が甘く痺れる。それが悦びだった。愛する雄に欲してもらえる悦びだ。

これが欲望というものなのだと、ピオニーは理解した。

「待たないで」

ピオニーが微笑んで言うと、ザックは余裕なく彼女の唇を奪う。

その間にも、ピオニーの膣内(ナカ)に入り込んだ指が忙しなく蠢(うごめ)いた。彼の長い指が自分の内側で蠢く感覚は、一言で言えば奇妙だ。けれど、それが彼の身体だと思うだけで、身の内側がきゅんきゅんと悦(よろこ)んで、彼の指に絡みついていくのを感じた。

「ああ……熱いな。それに、濡れている」

ザックが呟いて、指を二本に増やした。彼の言葉通り、奥から愛液を溢れさせたピオニーの蜜筒はしとどに濡れ、彼の指の動きに合わせて淫猥な水音を響かせている。

「ん、ぁあ……」

ザックの指に、蜜襞を掻き分けるようにして奥を刺激されると、またじわりと愉悦が溶け出した。自分の血が、温めた蜂蜜(はちみつ)のようになってしまった気がする。どろりと甘くて、思考まで甘く濁(にご)らせてしまう。

「ああ、ザック……奥が、じんじんするの……」

物足りない。自分の中にある虚(うつ)ろが、疼いて、切なくて、もっともっと、ザックに埋めてほしかった。

猫の泣き声のような甘えた声の懇願に、ザックがクッと喉を鳴らす。

「ピオニー……！」

小さく叫んで、彼は全身を使ってピオニーを抱き締めた。

大きな身体に包み込まれるようにされて、ピオニーは微笑む。

(彼だけしかいない世界に行きたい。この腕の中に安住できるなら、死んでもいいのに……)

世迷い言だと分かっているから、決して口には出さない。

でも今だけは、そう願うことを自分に許した。

「いいか」

ザックが言って、ピオニーは頷いた。早く彼のものにしてほしかった。

「早くきて」

心からそう言ったのに、ザックは眉根を寄せる。

「最初は痛みを伴うと思う。……すまない」

そうなのか、とピオニーは驚いてしまった。閨のことは、本当に何も知らない。女学院でそんな会話をするのは当然ながら厳禁だったし、意外なことにリコリスもそういう類の話は好きではなかったようで、お互いにしたことがなかったのだ。

だが、皆最初は通る道なのだろう。

「あなたがくれるものなら、痛みだって嬉しいわ」

それはピオニーの本音だった。ザックだったら、きっと何をされても嬉しい。

そう思って言った台詞に、ザックは美しい顔をハッキリと歪めた。

「そんな……そんなことを、言ってはだめだ、ピオニー」

苦悶の表情に、ピオニーは驚く。何故そんな顔をするのだろう。

「私は、君の痛みを望まない。決して」

「ザック？」

珍しく強い物言いに、ピオニーは彼の頬にそっと触れた。だがその手はすぐに彼に摑まれ、握り込まれた。

こちらを睨みつけるようにしている藍色の瞳には、切羽詰まった光がある。

「私が君を痛めつけるような真似をしたら、ちゃんと拒め」

「……分かったわ」

気圧（けお）されながらも頷くと、ザックはようやくホッと息を吐き出し、不器用に笑った。

それから困ったように眉を下げ、上目遣いに訊ねてくる。

「すまない。こんなことを言っておいて、それでも私は君が欲しい。……続きをしても？」

「も、もちろんよ」

ここでやめてしまうのでは、と少し危惧（きぐ）していたピオニーも、ホッとして何度も頷いた。

彼に焚（た）きつけられた欲望の熱は未だに治まっておらず、このまま放置されるのは辛いし、なによりちゃんとザックと結ばれたい。

ザックは少しだけ決まり悪そうにしながらも、軽いキスをして気を取り直すと、再び身を起こしてピオニーの脚を開かせた。

「ああ、ちゃんと綻んでいる」

指で花弁を開いて確認すると、ザックはおもむろに腰を動かして、溢れ出た愛液で濡れた蜜口に熱い楔（くさび）を宛てがう。

ひたり、とそこに当てられたものに戸惑っていると、グッとそれが自分の中に押し入ってきて息を呑んだ。

（……えっ!?　何!?）

ザックがその熱杭を自分のそこに入れようとしているのは理解できた。

だがどう考えても入る大きさではない気がする。

ピオニーの狼狽をよそに、ザックはリズミカルに腰を揺らして、ぐ、ぐ、と何度もそれを押しつけては引くを繰り返している。

そんなことをしても無理だ、入らないものは入らない、と心の中で思っていると、息を荒くしたザックが言った。

「ピオニー、息を吐いて」

そう言えば息をするのを忘れていた、と気づく。緊張すると、人は呼吸まで止めてしまうらしい。

促されるままに、はぁ、と肺に溜まっていた空気を吐き出すと、その瞬間、ザックが鋭く腰を打ち付けてきた。

ずぶり、と自分の内側に侵入されていく感覚がしたかと思うと、目の前に火花が飛んだ。

あまりの痛みに悲鳴すら上げられず、ピオニーは背を反らして身体を痙攣（けいれん）させる。

「ピオニー、息を吐いて」

ザックがもう一度言った。

するとそれが呪縛解除の呪文であるかのように、ピオニーの身体から少しずつ強張りが解けていく。は、と再び息を吐いたピオニーは、震えながらも彼の名前を呼ぶことができた。

「……ザック……」

「すまない。痛かったな」

大きな手でピオニーの生え際の髪をしきりと撫でながら、ザックが顔中にキスを落とす。その仕草に、狼が仲間の傷を舐めて癒やす姿を思い出してしまって、ピオニーは痛みに震えながらも、クスッと笑ってしまった。

笑い出したことに驚いたのか、ザックが目を丸くするので、ピオニーはその精悍な頬に触れる。指先はまだ震えていたが、強張りはもう完全に解けているようだ。

「狼みたい」

「狼？」

「そう。狼は、つがいの傷を舐めて癒やすんでしょう？　昔、樵のおじさんから聞いたことがあるの」

ピオニーの言葉に、ザックが「ああ」と呟いた。

「そうだな。私たちは、狼の番に似ているな。狼は、生涯にただ一匹としか番わないそうだ」

しみじみと言われて、ピオニーは目を閉じる。

そうだったら良かったのに。狼だったら、きっとずっと二人きりで生きていけたのに。

だが、それは口にしてはいけない願望だ。

言ってしまえば、身勝手な欲望はどこまでも溢れ続け、やがて全てを壊してしまう。

だからピオニーは本音を心の底に沈めて、微笑んで彼に願った。

「もっと愛して、ザック」

愛されることは許される。自分は彼の愛妾なのだから。

(むしろ、それ以上の何を望むというの)

ザックと再会して、愛し、愛される。それだけで奇跡だ。

ピオニーの願いに、ザックは戸惑ったように目を瞬く。

「だが、まだ痛むだろう？」

自分の身を気遣ってくれる彼に、胸が温かくなった。

ザックは優しい。昔からそうだった。同じくらいの優しさを、彼に返していけばいい。

優しさには優しさを、愛情には愛情を。子どもの時と同じように、単純な、けれど一番大切な関係性。それでいいのだ。

——たとえ、彼から向けられる愛情が、昔とは変わってしまっていても。

彼には正妃がいる。ピオニーを愛妾に迎えたのは、昔親しかった少女が過酷な環境にいることを看過(かんか)できなかったからなのだろう。もちろん、それだけではない。ザックからの愛情は間違いなく感じ取れるし、そうでなければこうして王宮に招き入れたりしないはずだと分かってもいる。

だがそれでも、あの森で過ごした時のような、ザックとピオニーの二人だけで完成していた世界を恋しいと思ってしまう。けれど、あの森は、もう創れないのだ。

彼は王になってしまったのだから。

「痛みはもう治まったわ」

ピオニーは言い募る。まだ痛みは残っていたけれど、それは余韻のようなもので、先ほどの全身が引き攣るような鮮烈さは消えていた。

痛みよりも、彼をもっと感じたかった。彼と一つになって、境界線が分からなくなるほど、ぐちゃぐちゃになってしまいたかった。

経験がないので分からないけれど、男女の営みが終わったわけではないことは、なんとなく分かった。その証拠に、ザックの熱杭はまだピオニーの蜜筒に収まったままで、彼は抜こうとしていない。終わったのなら、この体勢を解くためにも抜いていそうなものだ。

「いいのか」

低い声でザックが問う。ピオニーの予想通り、まだ終わりではなく、彼はその先を欲していたのだと分かる、欲望の籠もった声だった。

そのことに痺れるような悦びを感じながら、ピオニーは頷く。

ザックは獣のような目をしたまま、再び腰を動かし始めた。

「……っ、ぁっ、あ、ぁああっ……」

揺さぶられ、ピオニーは悲鳴を上げる。痛みと圧迫感に生理的な涙が浮かんで、視界が歪んだ。当てていただけの時とは違い、自分の内側にまで入り込まれると、五感をめちゃくちゃに掻き回される気分になる。

ザックの熱杭は、熱く、硬く、太かった。ピオニーの隘路をこれでもかというほど押し広げ、みっちりと満たしているのに、それを前後に揺すりあげるものだから堪らない。張り出した部分で粘膜を擦られると、痛いはずなのにムズムズとした疼きが膨らんできてしまう。そしてその疼きは、肉杭に擦り上げられると甘い愉悦に変わるのだ。

「ピオニー……ピオニー、愛している……！」

激しい抽送の最中に、ザックが愛を囁く。その呼気は荒く、声は掠れていた。普段の彼が見せない切羽詰まった様子に、ピオニーの胸が甘く軋む。彼が自分で乱れてくれていることが、どうしようもなく嬉しかった。

涙の膜の向こう側に、ザックの顔が見える。何かに耐えるように眉を寄せ、眼差しは強く鋭く、見られているこちらが痛いほどだ。白い滑らかな額は汗で濡れ、動くたびにその雫がパタパタとピオニーに降りかかる。その汗すら美しく、愛しく思えて、ピオニーは両手を伸ばしてその顔を引き寄せ、顎についた雫を舐め取った。ほんのりと塩辛くて、当たり前なのに不思議だった。あんなにきれいな雫だから、甘くても良さそうなのに。

ザックの方はといえば、ピオニーの奇行を気に留める余裕がないらしい。

腰を揺らしたままピオニーの膝裏を持ち上げ、胸に付くほどの屈位を取らせると、更に深い角度で蜜孔を穿ち始めた。

「ああっ！　ぁ、あっ、ひ、ぁ、ぁあっ、や、あ！」

長い肉茎がピオニーの腹の一番奥を突く。掻き回され泡立った愛液が、接合部から溢れ出てトロリと後ろの窄（すぼ）まりへと伝った。その刺激にすらゾクゾクと快感を煽られて、ピオニーの蜜筒がきゅうっと彼を引き絞る。愉悦の兆しが見え始めていた。

「――ッ」

ザックが息を詰め、険しい表情で動きを止める。

だが下腹部に生まれた欲望の熱が、既に全身に広がってしまっていたピオニーは、止めてほしくなくて、切なく腰を揺らめかせた。

「ザック……」

「ハッ……ああ、くそ！」

甘えた鼻声での嘆願に、ザックが何かを振り払うように呻き声を上げた後、律動を再開する。身体がぶつかり合う甲高い音が、広い寝室に鳴り響いた。それと同時にはしたないほどの水音も。

「ぁあ、ゃ、……も、ふぅっ……、あぁ、ああッ！」

自分の腹の中で、彼がひと際大きく膨らんだのが分かった。吐精を目指して張り詰めた質量に、ピオニーの雌が歓喜する。愛する雄の子種を欲する本能だ。

目で、鼻で、舌で、耳で、身体中の皮膚で、彼を感じる。その上に、更に知らなかった身体の内側の、奥の奥でも彼を感じて、全てを支配されたと思った。

自分の全てを彼に曝け出して、彼に作り替えられる――そんなばかげた妄想を頭に描いた瞬間、ザックが弾けた。ドクン、と脈打つ熱塊の振動に、ピオニーもまた頤を反らして高みに駆け上がる。

「ひ、ぁあ――……」

頭の中が真っ白になるような快感に、死ぬかもしれないと思った。

だが次の瞬間には、鮮烈だった絶頂の感覚はふわりと霧散し、降り始めたばかりの雪のようにチラチラと四肢に散って解けていく。全身に広がっていく疲労感に、ピオニーはとろりと睡魔に襲われる。抗うことなく瞼を閉じると、その上にキスが落とされた。

「ありがとうピオニー、愛している。ゆっくりおやすみ――」

愛しい男の声を最後に、ピオニーは意識を手放したのだった。

＊　＊　＊

その部屋の前には、いつも決まって女騎士たちの姿がある。

自分の姿を見つけると、構えを解いてサッと膝を折ろうとしてきたので、片手を上げてそれを制した。

「よい。そなたたちの主は王太后だ。職務に励め。目通りを」

「――は。陛下のお越しは、事前に我が主より伺っております。ですが、今しばらくお待ちくださいませ」

そう言うと、扉の左を守る騎士がノックの後、するりと扉の内に滑り込んでいった。

王太后にお伺いを立てに行ったのだろう。相変わらずの仰々しさにため息をつきたくなったが、黙ったままその場で待った。

数分もしない内に女騎士が戻り、「お許しが出ました。どうぞお入りください」と扉を開く。それに頷いて中に入ると、万年筆が紙を擦るカリカリという音が、薄暗い部屋に響いていた。

優雅な手つきで文字をしたためているのは、この部屋の主だ。

「お呼びと伺い、参上いたしました」

頭を下げ、半分嫌味交じりに挨拶を述べたが、全く無反応だ。自分で呼び出しておいて、こちらに視線も寄越さないその傲慢さに呆れもするが致し方ない。

この国の実質上の王はこの者であるのだから。

誰も逆らえない——今はまだ。

黙ったまま待機していると、やがて書き物を終えたのか、万年筆の音が止まった。

「——で?」

なんの前触れもなく切り出されたのは、端的すぎる問いだ。

だが返答に躊躇する愚鈍さは、自分には許されていない。

頭を垂れたまま、的確で簡潔な回答を口にした。

「万時滞りなく」

「……ふむ……」

カタリ、と硬質な音がして、万年筆がデスクの上に伏せられる。

ようやくこちらを見た顔は、感情など欠片も見えない。

結い上げた金の髪には一糸の乱れもなく、秀でた額が印象的だ。あまり派手さのない端正な顔立ちは往年の美しさを窺わせたが、目尻や口元に刻まれた皺が彼女の酷薄さを浮き彫りにしている。

だが、それでいいのだ。彼女は己に美しさなど必要としていない。

この国の影の女王——王太后陛下にとって、己の美醜など些末なことなのだ。他を寄せ付けないだけの威厳があれば、見てくれなどどうでもいいのだろう。

「血は、不可欠だ」

王太后が淡々と告げる。

「はい」

すました顔で相槌を打ちながら、内心せせら笑った。

――知っているとも。

この女が血にこだわっているからこそ、今自分はここにいる。

そうでなければ、とっくに王太后が紛（まご）うことなく『女王』となっていただろうから。このばかばかしいゲームは、この女がいなければ成立しなかった。

「血はどちらのものでもよろしい。濃さはどちらも同じゆえ……」

そこで一旦言葉を止め、王太后はゆるりと片方の肩を上げる。

「あちらより早く、御子を。……戻りたくなければ、な」

脅しのつもりか、とまた笑いそうになって、スッと顔を伏せた。

「承知しております。首尾は上々かと」

自分で答えておきながら、ひどい会話だなと思ってしまう。

首尾は上々――すなわち、子どもを孕ませるための行為を、一から十まで完璧にやり遂（と）げたと報告しているのだ。それを訊ねるこの女の頭もおかしいが、答える自分もおかしい。

(だが、それも道理か)

狂人でなければ、王座になど座っていられないのだろうから。

「そうか。なら、よい」

王太后は満足そうに頷くと、右手をヒラリと一度振る。退出せよとの合図だ。

一礼し、踵を返して扉へと向かうと、不意に声がかかった。

「――励めよ。そなたには期待しておる」

(期待しているのは、私に、ではないだろうに)

王太后が期待しているのは、従順な手駒にだ。

政治の舵取りをするのは、あくまで王太后でなくてはならないのだ。

この国の王は、アーネスト一世だ。王太后が摂政としてついた幼少期とは違い、今は自ら国政を握っているとされている。

だが実際は、政治を牛耳っているのは未だこの王太后で、アーネストには実権などない。

それでも君主として優秀であると見なされている理由は、過去の四度の戦争で、いずれも自ら戦場に出て勝利しているからだ。

アーネストには戦において天賦の才とカリスマ性があるのだ。

だが、戦場において鎧は必需品だが、平時にはただの鉄の塊であるのと同様に、戦が終結してしまえばその才能は無用の長物となる。

(政治は未だにあの女の独壇場だ)

執政の場は王太后の息のかかった者で固められ、アーネストの入り込む余地はない。

(だが、それも今だけだ)

自分にはやり遂げなくてはならない目的がある。そのために、除かなくてはならないものがいくつかあるが、その筆頭が王太后であることは間違いない。

王太后の部屋を出て自室へ向かう途中、向こう側から歩いて来る者の姿が見えた。

スラリとした長身に、近衛騎士の制服を纏ったその者の顔に、顔半分を覆った仮面が付けられているのを確認して、口元が緩む。

微笑みが浮かぶ理由は、自分でも分からない。

だが、その理由が「嬉しくて」でないことだけは確かだ。

相手が近づいてくるたびに、皮膚が総毛立っていく。

(——おそらく、向こうも同じだろう)

確証はないが、なんとなくそう思った。そして多分、それは正しい。顔の皺まで目視できる距離になり、相手の口元がハッキリと嫌悪の形に歪んでいるのが見えた。

「いい気なものだ」

すれ違いざまに言い放たれた挑発に、足を止める。

挑発であろうと問いかけであろうと、この男から自分へ向けられた感情は、受けると決めていた。自分にはそうする義務がある。

「――どういう意味だ？」

訊ねれば、仮面の男は口に嘲笑を浮かべて肩を竦めた。

「そのままの意味だ。所詮お前は王ではない。偽者に過ぎないくせに王気取りで城を闊歩しているのが、私には滑稽で仕方ない」

なるほど、と頷いた。それはさぞかし滑稽だろう。

「異議があるのならば、ゲームを始める前に申し立てるべきだっただろう」

こちらの反論に、仮面の男が大仰にため息をついた。

「だからお前は分かっていないのだよ。そもそもこのゲームを始めたのは、我々ではない」

小ばかにしたような物言いに呆れてしまったが、無論表情には出さない。

（……ようやく気づいたのか）

目の前の男のあまりの愚鈍さに、仮面に覆われた顔をまじまじと見つめた。

今までどんな微温湯の中を生きてきたのか。冷静に状況を見ればすぐに分かりそうなものなのに、ゲームを始めて数日経たねばこの答えに辿り着けないなど、こちらの方がため息をつきたいくらいだ。

黙ったままでいると、仮面の男は嬉しそうに笑い声を上げた。

「まだ分からんか。まあ、その方がこちらには都合がいい。精々お利巧な駒の役目をまっう。

とすることだ」

言いたいことを言うと、仮面の男は鼻を鳴らしてその場から歩き去る。王を前に礼も取らずに、と思わないでもなかったが、それが『偽の王』に対する態度ということなのだろう。

まあ自分も無礼に腹を立てるほどあの男には思い入れがない。

（ともあれ、まずは第一歩を、やっと進んでくれたようだ）

──必要なのは、理解させることだ。

己が何者であるのか。己を取り巻く環境を改めて見て、知り、考えなくてはならないのだ。

（私がそうしてきたように）

それが、あの男の義務だ。

そうして、全てを終わらせなくてはならない。

──望むものを手に入れるために。

男の後ろ姿がやがて見えなくなるのを待って、おもむろにまた歩みを進めた。

＊　＊　＊

怒濤のような勢いで国王陛下の愛妾となったピオニーだったが、その滑り出しはまずまず順調と言えた。

忙しい身であるだろうに、ザックは毎晩必ずピオニーのもとを訪れて、ピオニーと共に眠ってくれる。彼が傍にいてくれるだけで安心できたし、彼の腕の中が自分の居場所なのだと思えた。

それに、身の回りの世話をしてくれる女官たちも、皆親切だった。ピオニーが幼い頃から女学院で育ったせいで、貴族女性としての生活に疎いことを知っても、呆れたり蔑んだりせず、優しく丁寧に説明してくれる。

ザックに守られ、親切な人たちに囲まれた生活が快適でないはずがなく、ピオニーは初めての環境に臆することなく慣れていくことができた。

愛妾としての務めが具体的にどういうものなのか理解していなかったピオニーは、ザックの閨の相手だけが自分の仕事なのだと思っていたが、とんでもなかった。

愛妾だから公務などはないだろうと高を括っていたら、大間違いだった。さすがに国王陛下の愛妾ともなると違うらしい。正妃が出席できない場合などは、舞踏会等でパートナーを務める必要があるらしく、テーブルマナーやワルツ、乗馬、ピアノの練習、詩の朗読や、貴族名鑑の暗記、歴史の勉強等、ピオニーのために多岐にわたる分野の授業が設けられていたのだ。

毎日ガッチリと授業のスケジュールが組まれ、それをこなしている内にあっという間に夜がやって来て、ザックを迎え入れるといった感じだ。

下手をすると、激務を熟してきたであろうザックよりもヘトヘトになっている時もある。

今日も乗馬の訓練があったせいで、ピオニーは疲労困憊だった。普通の貴族女性ならば乗馬の経験があったのだろうが、修道院育ちのピオニーは馬に乗ったことがない。そのせいで緊張が取れず、怖がっていることを馬に気取られてばかにされ、何度も振り落とされそうになる始末だ。幸いなことに乗馬の教師の腕が良いからか、今のところ落馬したことはないが、とてつもなく体力を消耗することだけは確かだ。

そんなわけで、ザックがやって来た時に椅子で転寝をしてしまっていて、ハッと気がついた時には、彼に横抱きに抱え上げられ、ベッドに運ばれているところだった。

「……っ、ザック！」

「ああ、起こしてしまったか」

目を覚まして驚くピオニーに、ザックは安心させるように微笑んでから、そっとベッドの上に下ろしてくれる。

「ご、ごめんなさい、私、眠ってしまって……」

国王陛下のお相手をするのが主な役目だと分かっているだけに、自分の失態が情けなくなる。しゅんと顔を伏せると、ザックの大きな手が頭にポンと乗せられた。

「何故謝る？　君は何も悪くない。乗馬の訓練があったのだろう？　慣れない運動に疲れているんだ。眠くなるのは当たり前だ。今日はこのまま眠ろうか」

ザックは自分もベッドに寝転がりながら、彼女を抱き寄せてそんなことを言う。ピオニーは慌てて首を横に振った。

「ダ、ダメよ、そんな！　ちゃんとしないと！」

その返答が変だったのか、ザックが目を丸くして噴き出す。

「ちゃんと？　おかしなことを言うものだ」

「で、でも、それが……私の、その……仕事、なのでしょう？」

ザックが自分に甘いことを知っているピオニーは、せめて自分は自分を甘やかしてはならないと、日頃から自戒するようにしている。

愛妾という後ろ盾のない立場は、危うい地位だ。国王の寵愛だけでは王宮で生き残るのは難しい。今は親切な女官たちも、ピオニーがザックの寵愛を笠に着た態度を取れば、あっという間に冷たくなるに違いないのだから。

そして今のザックの寵愛も、いつ失うか分からないものだ。

驕ることなく、自分の役割はまっとうしたいという心意気だったのだが、ザックは困ったように眉を下げて笑った。

「私に抱かれるのは、君にとって仕事なのか……」

「あ……」

訊かれてようやく自分が何を口にしたのかを理解して、ピオニーは手で口を覆う。

「ち、違うわ！　私はあなただから……！　そういう意味じゃ……！　ザックじゃなかったら、私は……！」

慌てて否定すると、ザックはフッと顔を綻ばせた。そしてピオニーの赤銅色の髪を手で梳きながら、「分かっているよ」と甘い声色で囁く。

「も……もう！　分かっているなら……！　意地悪！」

わざわざ訊かなくてもいいじゃないか、とむくれると、ザックは片方の眉を上げた。

「先に君が『仕事』だなんて意地悪なことを言うからだ」

「そ、それは、そうね……。ごめんなさい」

確かに、と謝ったピオニーを、ザックがぎゅうっと抱き締めてくる。

温かく広い胸に顔を押し当てると、鼻腔に彼の匂いが入り込んできた。微かに檜の混じった緑の匂いは、出会ったあの森を思い出させる。

（……今なら訊けるかもしれない）

二人きりの寝室、しかもベッドの中だ。誰にも聞かれていないこの状況ならばと、ピオニーはこれまで心に留めておいた質問を口にする。

「ねえ、ザック。あなたは何故あの森に住んでいたの？」

ピオニーの実家の領地であるマーシャル領は、この国の端に位置している。目立った産業もなく、王都からもかなり距離のある田舎に、どうして王である彼が住んでいたのか。

ここに連れて来られてからずっと不思議に思っていたが、なかなか訊けずにいた。一つは慌ただしい毎日に忙殺されてしまっていたことと、もう一つは、訊いていいことなのか判断できなかったからだ。

アーネスト一世――ザックは生まれながらの王だ。その王があんな辺鄙な田舎で身分を隠して住んでいたとなれば、そこには重大な秘密があるだろうことは、ものを知らないピオニーにだって想像がつく。

ピオニーの問いに、彼女を抱き締めていたザックの腕が緩んだ。それに合わせて顔を上げると、ザックの面白がるような眼差しがあった。

「なんだ、やっぱり興味があったのか。訊いてこないから、どうでもいいのかと思っていた」

その軽い反応に、幾分緊張していたピオニーは、一気に力が抜けてしまう。

「ええっ？　だって、訊いていいのか分からなくて！　何か大変な秘密があるかもしれないって……！」

「ああ、なるほど。まあ確かに秘密ではあるが……。君に言えないようなものではないよ」

軽くそう言い置いて、ザックは語り始める。

「君も知っている通り、生まれた日に父王が急逝したことで、私は生まれたその時から王となった。だが反王太后派の者たちに命を狙われてしまってね。ある程度成長するまで私とよく似た風貌の子どもを身代わりに立て、私の身を隠すことにしたそうだ。私の名前が付けられなかったのも、本当の名前があったからなのだろうな」

「まあ……そうだったのね……」

ピオニーは感嘆まじりに呟いた。

自分たちの出会いが、まるで奇跡のような確率の重なり合いで生まれたものだと実感したからだ。ピオニーは自分を見つめる秀麗な美貌にそっと手を伸ばして触れた。

陶器人形のように整った顔は、温かい。確かに彼がここにいるのだとしみじみと実感して、なんだか涙が込み上げてきた。

「私、あの頃、亡くなったお父様の代わりに領主となった叔父に、屋敷から追い出されてあの森の小屋に住んでいたのよ」

そう話す声が、少し震えていた。ザックは藍色の瞳に優しい色を灯してこちらを見下ろしながら、わずかに頷いた。

「知っている」

「私、ずっと、叔父を恨んでいたの。でも、今、初めて感謝するわ。叔父があの森に放り出してくれていなかったら、あなたに出会えていなかったかもしれないんだもの……！」

ピオニーの言葉に、ザックは目を見開いて笑い声を上げた。

「そんな感謝はしなくていいだろう！」

「いいえ！　するわ！　するに決まっている！　あなたと出会えたことが、私の人生で一番の幸運なんだもの！」

彼に出会うためなら、どんな嫌なことだって我慢する。

本当にそう思っていることを分かってほしくて、ピオニーはザックの夜着の前身ごろを摑んで言い募った。

「私は、ザックと一緒に過ごしたあの森での思い出に縋るようにして生きてきたわ。叔父に女学院に放り込まれて、あなたに会えなくなってしまって気が狂いそうなほど寂しかったけれど、それでもあなたを思い出すことで生きてこられたの」

途中、想っても想っても会えない虚しさに、思い出すことを自分に禁じた時期もあったけれど、それでもやはり彼を忘れることはできなかった。

「あなたは、私の生きる理由なのよ」

彼に会えないと諦めかけて、学校を卒業後、神の道に進むことを決めたのがその証拠だ。神を信じていないくせに神の花嫁になろうとするなんて、神を信じている人たちにも失礼だし、自分自身の人生に投げやりになっていたのだと、今なら分かる。

「あなたがいない人生なんて、私は要らないんだわ」

言い切ったピオニーを、ザックはうっとりと見つめていた。

「熱烈だな」

からかうような口調に、ムッとして口を尖らせる。

ピオニーにとって心からの気持ちだったのに、それを揶揄されて悲しかった。

「本気にしていないのね」

尖った口調に、ザックが「まさか」と呟いて、啄むだけのキスを唇に落としてくる。

「嬉しいんだ。私も同じだから……」

額と額をコツリと合わせて、ザックが吐息のように囁いた。

ピオニーはまたじわりと目頭が熱くなる。だがそれは嬉しい涙ではなかった。

（……同じではないわ、ザック……）

馬車の中でキスをした時には、同じだと思った。だが、違う。

ザックは王だ。ピオニーとは違う。ザックがいないピオニーの人生は無価値なものになるけれど、ザックはそうではない。ピオニーがいなくても、彼は王として生きるだろうし、正妃をはじめとする彼の人生を豊かにする人たちに囲まれているのだから。

ザックが親指でピオニーの目尻を何度も撫でた。優しい手つきに、心の中に巣くっていた黒い思考が霧散して、彼への愛しさが膨らんでいく。

「私は、君がいればいい。覚えておいて、ピオニー。君だけしか要らないんだ」

「ザック……」

同じ気持ちを言葉で返されて、ピオニーは微笑んだ。

たとえそれがベッドの中だけの睦言だとしても構わなかった。

彼の背中に腕を回して抱き着いた。涙が溢れたけれど、零れる端からザックがキスで拭ってしまう。まるで獣同士のじゃれ合いのようだとおかしくなってクスクスと笑うと、ザックに唇を奪われた。

キスはすぐに深くなり、二人を包む空気があっという間に熱を帯びる。

絡みつく舌に懸命に応えながら喘ぐような呼吸を繰り返していると、ザックがキスの合間に、荒くなった息で言った。

「……やっぱり、このまま眠るだけでは済まなそうだ」

少し決まりの悪そうなその表情がおかしくて、ピオニーは小さく噴き出してしまう。

「私もよ。……来て、私の国王陛下」

冗談めかした呼び名に、ザックが苦笑を漏らす。

その苦笑の意味が、ピオニーにはよく分かった。

ザックが国王であることなど、今の二人の間ではどうでもいいことだ。

それなのに、彼が国王であるからこそ、今二人はこうしていられるのだという事実が皮肉だった。

　再び下りてくる彼の唇を受け止めながら、ピオニーの脳裏には顔のない女性の姿が浮かぶ。国王として立つザックの隣に並ぶ、美しい女性の姿——未だ見えたことのないアーネスト一世の正妃、アンジェリクだ。

（……私は、愛妾……）

　分かっている。分を弁えて、それを逸脱しようとは思わない。

　だからせめて今だけは、ザックとしての彼を愛させてほしい——。

　胸に広がりかけた罪悪感と黒い嫉妬を、無理やり奥へと押し込めて、ピオニーは愛しい男の情熱に身を委ねた。

「愛しているわ、ザック」

　彼を愛している。それだけが、ピオニーの中での真実だった。

第四章

「まあ、ご覧ください、レディ・ピオニー！　こちらの芍薬（ピオニー）は鮮やかな赤色ですわ！」

先を行く女官たちの声を聞きながら、ピオニーは王宮の中庭を歩いていた。

ここ数日雨が続いていたのが、今日ようやく青空が見えたので、女官たちに庭へ出てみないかと誘われたのだ。

「中庭には芍薬がたくさん植えられていて、毎年この時期はとてもきれいなのですよ！」

おそらくピオニーと同じ名前の花だから、そう言ってくれたのだろう。

ピオニー自身も芍薬はとても好きな花だ。母が一番お気に入りの花だからと、その名前を付けてくれたという思い出もあるからだ。

ワクワクしながら中庭に行くと、女官の言う通り、素晴らしい花園ができていた。

色とりどりの芍薬が咲き誇るその庭は、まるで楽園のような美しさだ。

「こんなに見事な芍薬の庭を見るのは初めてよ！」

ついはしゃいでしまうピオニーを、女官たちは微笑ましそうに見つめている。

大きな花に顔を近づけて匂いを嗅いでみたり、その花びらに指で触れたりして楽しんでいると、女官の一人が「いくつか切ってお部屋に飾りましょうか」と提案してくる。

「そうね。陛下もきっと喜んでくださるわ」

子どもの頃、ザックと二人、森で見つけた芍薬を眺めた時の記憶が蘇り、ピオニーは笑って頷いた。ピオニーと同じ名前の花だと教えると、微笑んで「きれいだ。私もこの花が好きになったよ」と言ってくれたのを覚えている。

「では、私は庭師から鋏と籠を借りてまいります」

そばにいた女官がそう言って立ち去るのを見送った後、ピオニーはまた芍薬に目を戻した。白い花びらの中心が薄紅の芍薬は、森で見つけた芍薬とよく似た色をしていた。もちろん、森に自生する芍薬と、庭で手入れをされた芍薬とでは花の大きさには差がある。それでも思い出が美しすぎるせいか、あの時の芍薬の方がきれいだったなと感じてしまった。

夜、ザックがやって来たら、芍薬を見ながら思い出話をするのも楽しそうだと思っていると、不意に低い男性の声が鼓膜を打った。

「ピオニー」

名前を呼ばれて、ピオニーは振り返る。

だが辺りを見回してみても、どこにも人影がない。

気のせいだっただろうか、と前を見ると、もう一度声がした。

「ピオニー」

ザッと警戒心が湧き起こる。

ピオニーは今、「レディ・ピオニー」と呼ばれている。ザックがそう決めたからだ。王宮内で、ピオニーを名前だけで呼ぶのは、ザックしかいないはずだ。

(でも、ザックの声ではなかった)

毎日聞いている愛しい人の声を、聞き間違えるわけがない。

ピオニーは身構えながら慎重に周囲に目を遣った。女官たちは離れた場所で芍薬に夢中になっている。すぐに女官たちのいるところに駆け寄ってもよかったが、なんとなく声に聞き覚えがある気がしたのだ。

(私の名前を呼び捨てにする男性など、叔父くらいしかいないはず……)

けれど叔父にしては声が若い気がしたし、田舎領主の叔父が王宮にいるはずがない。それでも確認せずにはいられなかった。

そっと背後を窺うと、中庭の隅にあるガゼボの陰から騎士服の男性が姿を現した。

ピオニーは息を呑む。

「――あなたは……」

そこに立っていたのは、いつか百合園で見た仮面の護衛騎士だった。

ザックにひどいことを言われ、呆然としているところに声をかけてくれた人だ。

だが同時に、ザックの険しい表情が脳裏に蘇った。

『仮面の護衛には近づくな』

そう忠告されたことを思い出し、全身の肌が粟立つのを感じる。

じり、と後退りをするピオニーに、仮面の男はオヤオヤとでも言うように肩を上げた。

「そんなに警戒しないでくれ。久しぶりに会えたというのに」

そのあまりに気安い口調に、ピオニーは顔を顰める。確かに一度会ったことがあるし、あの時優しい声をかけてもらったが、こんなふうに話しかけられるほど親しいわけではない。

逃げるべきだと頭では分かったが、この男が自分に近づく理由を知りたかった。

ザックは明言しなかったが、おそらくこの男は彼の敵だ。ザックのために少しでも情報を得られればと思ったのだ。

「……私に何用ですか」

硬い口調で訊ねると、仮面の男は口元に皮肉っぽい笑みを浮かべる。

「おやまあ、すっかり愛妾様気どりというわけか。ちっぽけだった修道女見習いが、ずいぶんとご出世あそばしたようだ」

いきなり放たれた辛辣な嫌味に、ピオニーはギョッとしてしまった。

国王の寵愛を得ているからといって、驕った態度を取ってはいけないと自分を強く戒めてきたつもりだったこともあり、男の指摘が妙に胸を抉る。

ピオニーは目に見えて狼狽えていたのだろう。

仮面の男が愉快そうにクスクスと笑った。

「国王陛下のご寵姫、レディ・ピオニーか。なるほど、修道院とは違う豪勢な暮らしを堪能していることだろう。だが、考えたことがあるか？　お前がそうやってあの男を独占している間、悲しみに暮れている女性がいることを」

グサリ、と言葉が心臓に突き刺さる。

（そう……そうだわ。正妃様は、どんなに悲しんでいらっしゃるだろう……）

ザックは毎晩ピオニーの部屋を訪れている。そのまま共に朝を迎えるのは当たり前で、彼の腕の中で目覚める幸福を噛み締めていたピオニーは、その陰で泣く正妃のことを考えないようにしていたのだ。

ピオニーにとってザックは、幼い頃から愛してきた自分の半身だけれど、正妃にとっては自分の夫だ。そしてピオニーは、横からその夫を掻っ攫った薄汚い泥棒猫に他ならない。

自分の身勝手さや傲慢さを浮き彫りにされて、ピオニーは愕然と男を見つめる。

「正妃様は……」

「もちろん、嘆き悲しんでおられるよ。悲しみのあまり、この王宮にはいられないと、離宮へ身をお移しになったことは知っているだろう？」

「……えっ？」

男が伝える事実に、ピオニーは目を見張る。そんなことになっていたなんて、まったく知らなかった。それどころか、自分の方が離宮に住んでいるのだと思っていたくらいだ。

沈黙したまま瞠目するピオニーに、男が呆れた様子でため息をついた。

「そんなことも知らないのか？　まったく、人とはこんなにも変わるものなのか。女学院で会ったお前は、小鳥のように可愛らしく清廉であったのに、こんな驕傲な人間になってしまうなんて。お前にとっては他人の悲しみなど、気に留める価値もないのだろうな」

いやはや、ともう一度盛大にため息をつくと、男はスッと腕を伸ばしてピオニーの顎を摑む。ピオニーは咄嗟に逃げようとしたけれど、男の動きの方が速かった。顎を摑む力は強く、ギリギリと音がしそうなほどだ。

ピオニーは男の手首を摑み、仮面の奥の目をギッと睨みつける。その反抗的な眼差しに、男が愉快そうにクツリと喉を鳴らしたのが分かった。

「面白いな、ピオニー。お前は本当に興味深い」

笑みを含んだ低い声に、ぞわりと背筋に怖気が走る。舌舐めずりする蛇を前にしているような心地だった。気を抜けば丸呑みにされてしまう。そんな恐怖に襲われて、脚がガクガクと笑い始めた。

よく似た恐怖をどこかで味わった覚えがある。

（……あの時……、百合園でのザックに……）

愛する人が今目の前にいる男と似ているなどと思った自分にギクリとなって、慌てて心の中で打ち消した。

蒼褪めるピオニーをいたぶるように眺めた後、男はおもむろに手を放す。

その瞬間、膝から力が抜けて、ピオニーはその場にへたり込んでしまった。

「私の可愛い修道女、神の御前で自分が正しいと胸を張れないことをしてはいけないよ」

ピオニーの頭の上で囁くようにそう言い置くと、仮面の男は優雅な足取りでその場を去っていく。

無様なことに、腰を抜かしたピオニーは声すら上げられず、女官たちに気づかれるまでその場にうずくまったままでいたのだった。

＊　＊　＊

その日、仮面の男が現れたことを、ピオニーは誰にも言えずにいた。

仮面の男の指摘は正しかったからだ。

自分は、愛妾の立場を逸脱しないと誓っておきながら、結局はザックを独占することで正妃の立場を危うくしている。

ザックが自分のそばにいればいるほど、正妃に悲しみと苦しみを与えているのだと思うと、胸が苦しくて堪らなかった。

（――もし、私が正妃様の立場だったなら……）

夫であるザックが別に愛する女性を見つけ、自分を捨ててそちらへ通うようになったら。

想像するだけで気が狂いそうになる。どうして、何故、とザックを詰る気持ちと、相手の女性に対する嫉妬と憎しみで、どうにかなってしまいそうだ。

それなのに自分は、ザックと共にいる幸福に浸り、正妃の苦しみを見て見ぬふりをしてきたのだ。

（私は、なんて、罪深く、傲慢な人間なのだろう……）

誰かの苦しみの上に成り立つ幸福は、本当の幸福と言えるのか。

（……でも、それでも、私は、ザックを放したくない……！）

ようやく会えた半身なのだ。

彼のいない人生など、もう考えたくもない。もう二度と、引き離されたくなかった。

自分の幸福と、他人の幸福が天秤にかけられる事態があるなんて、知らなかった。いや、自分にそんな事態が降りかかるなんて、あるはずがないと思っていたのだ。

ピオニーは、自分がこんなにも愚かで傲慢な人間であったことを改めて思い知らされて、打ちのめされていた。

思い悩んだピオニーは、一人になりたいと女官たちを遠ざけ、寝室に籠もった。

本当ならば、礼拝堂で一人で考えたかった。神を信じていないくせに、礼拝堂で内省する癖がついてしまったのか、妙にあの静かな空間が恋しかった。

（この豪奢な部屋は、私には不釣り合いだわ……）

自分を卑下するわけではないが、王宮の一室にいる自分というもの改めて考えて、やはり違和感が先に来るのは否めなかった。

大きすぎるベッドに肘をつき、その脇に膝をついて祈りの姿勢を取り、目を閉じる。

神に祈るわけではない。ぐるぐると巡るばかりで先の見えない思考を、一度鎮めたかった。

どのくらいそのままでいたのか、瞼を開くと、辺りはすっかり暗くなっていた。開いたままのカーテンの向こう側も、すっかり夕闇色に染まっている。

（……カーテンを閉めなくては）

そんなことを思い、ノロノロと立ち上がった。長時間の祈禱に慣れた身体は支障なく動いたが、頭はぼんやりと重い。

答えの出ない問いを延々と自問し続ける行為が、これほど疲れるものだとは知らなかった。ため息をつきながらカーテンを閉めた時、ガチャリと扉の開く音が響いた。

薄く開いた扉の向こうの明るい光を背に、長身の影が浮かび上がる。

「……ザック……」

　ピオニーは小さく呟いた。どうして、という言葉が出かかって、口を閉じる。

　今日は体調が悪いから会いたくないと、先ほど女官を通して伝えたはずだ。だが、それを聞いたザックが心配しないはずがない。

（心の中では、会いに来てしまうだろうと分かっていたくせに、嘘吐きね……）

　自分の行動の一つ一つに嫌悪感を抱いてしまい、ピオニーは懊悩した。

　部屋に入ってきたザックは、自らランプに火を灯した。そしてランプの灯りに照らし出されたピオニーの顔を見て、眉を曇らせる。

　すぐさま歩み寄って来ると、ピオニーの頬を両手で包み込んだ。

「どうした。何があった？」

　開口一番にそんな台詞が出てしまうほど、自分はひどい顔をしているのだろうか。

　ピオニーは苦く笑って首を横に振った。

「何も」

「何もないはずがないだろう。誰が君にこんな表情をさせた？」

　珍しく声を荒らげ、ピオニーの顔を覗き込んできたザックは、何かを見つけて目を見開いた。

　どうしたのだろうと首を捻ったピオニーは、彼の視線が自分の顎の辺りに釘付けになっていることに気がつき、ハッとなって身を捩る。

そこはあの仮面の男に強く掴まれた場所だったからだ。

あの時は少し赤くなっただけだったが、時間が経った今、もしかしたら痣になってしまっているのかもしれない。

「誰にやられた」

地を這うような低い声に彼を見上げて、ギョッとさせられた。

薄闇の中、底光りしたザックの目が射るようにこちらに向けられていた。

「――ザ……」

「言うんだ、ピオニー。君を傷つけたのは誰だ？　その痣からして、手で掴まれたのだろう。これほど跡が残るほどに強く……。私の愛する者に触れた愚か者の名を吐け。そいつに己のしたことを後悔させてやる……！」

ザックの迫力に圧倒され、ピオニーは絶句してしまう。

唸り声の呪詛紛いの台詞もさることながら、彼の発する禍々しいまでの迫力に、この人は魔王なのではないかと思ってしまったほどだ。

いつもの天使のような気品はどこに消えてしまったのだろう。

「ザ、ザック、待って……私は大丈夫だから……！　ただ、顎を掴まれただけ！　それ以外には何もされていないの！」

まずは彼を落ち着かせなければ、と焦って言い訳めいたことを言ったが、ザックは短く繰り返す。

「誰だ」

問いかける目が完全に据わっている。

(これはだめだ、誤魔化せる雰囲気ではないわ……)

このままでは、ピオニーが白状するまでこの問答が続けられるに違いない。

そう観念したピオニーは、ゴクリと唾を呑んでから口を開く。

「……今日、中庭で、仮面の護衛の男が……」

言った瞬間、ザックが拳で壁を殴りつけた。

ドン、と鈍い音がして、その衝撃で空気が震える。目の前で拳が振るわれたことに仰天し、ピオニーは身体を硬くして息を止めた。

「あいつめ……！」

歯を食いしばったまま発せられたことが分かる、籠もった声だった。獣の唸り声にも似たそれに、ピオニーは呆然とザックの顔を見上げる。

それはピオニーの知らないザックだった。闘争本能を剝き出しにした、と表現すればいいのだろうか。歯を食いしばり、鋭い怒りで瞳孔が開いた、肉食獣そのものの表情だった。

(普段あまり表情を出さないザックを、これほど怒らせるなんて……)

恐怖よりも驚きの方が強かった。

あの仮面の男は、ザックにとってそれだけの人物であるのだ。

呆然とするピオニーに気づいたのか、ザックは怒りを静めるように一度息を吐くと、労るようにピオニーの両頬を手で包んだ。

「他に何もされなかったか」

コクコクと頷けば、ザックはまた深くため息をつく。それからピオニーを掻き抱くと、彼女の首筋に頭を埋めたまましばらく動かなくなった。強い力で抱き締めてくる腕が、わずかに震えているのに気づいて、ピオニーはそっとその腕を撫でる。

「……ザック？」

「君に、何かあったら……私は生きていけない」

力なく吐き出された言葉に、ピオニーは心臓を鷲掴みにされた。

同じだ、と思った。

自分もまた、ザックに何かあれば、きっと生きていけない。ザックを喪えば、きっと自ら命を絶たずとも、自然と衰弱して死んでいくのだろうと予想できた。

それほど、自分たちは同じで、切り離せないもの同士なのだ。

ピオニーはザックの頭を抱えるようにして抱き締める。

ザックを愛している。彼が国王であっても、それは変わらない。立場上、彼には正妃がいて、妻ではない愛妾としてしか彼のそばにいられないと分かっている。

それでも、彼のそばにいると決めたのだ。

（……ああ、でも……）

自分が彼のそばにいることで苦しむ人がいるのだと思うと、それは正しいことなのかという疑問がどうしても湧いてきてしまう。

「……ザック……」

情けないことに、涙を堪えきれなかった。ハラハラと涙を流しながら、ザックの白金の髪を何度も撫でる。

「愛しているわ。心の底から。……でも、私があなたの傍にいるのは、間違いなのかもしれないって思う時もあって……」

懊悩を口にすると、腕の中のザックが弾かれたように頭を上げた。陶器人形のように整った顔が、驚愕に強張っている。

「どういう意味だ」

低く問い質されて、ピオニーは嗚咽を漏らした。

「……ご、めんなさい。わ、私……誰かを不幸にしてまで、自分が幸せになるなんて……」

言いながら、ピオニーは自分の弱さが恥ずかしかった。

ザックと再会できて嬉しかった。分かれていた魂の半分に再び巡り合えたのだと思った。愛する人と触れ合うことの幸福を知ってしまった今、彼なしにはこの先の人生を生きていくことすらできないとまで思う。

けれど、その幸福の分だけ、誰かを不幸にしているのだと思うと、どうしようもなく恐ろしかった。これまでピオニーは、自分に降りかかってきた不幸しか知らなかった。理不尽なことに腹を立て、己の不幸を厭ってきたが、誰かを不幸にしたいと思ったことは一度もなかったのだ。

あの叔父に対してだってそうだ。大嫌いだし、関わりたくないと思っているけれど、不幸になれなんて思わない。

(私は怖いのだ。誰かを不幸にし、憎まれることが)

好んで誰かに憎まれたいと思う人など、きっといない。誰しも、できれば人から好かれたいと思うのではないか。

そんな言い訳をしている時点で、逃げているのだと分かっている。

ザックを愛していると言いながら、人を蹴落とし苦しめてでもその愛を得たいと言えない。覚悟が足りないのだ。

自分が情けなく、恥ずかしかった。

「許さない」

内省の思考の坩堝に嵌まり込んだピオニーを、ザックの低い断罪の声が現実に引きずり上げる。ピオニーがハッとして顔を上げるのと、彼が彼女を横抱きにして抱え上げるのとは同時だった。

そのままベッドへと乱暴に投げ出され、小さく悲鳴を上げる。だが体勢を整える間を与えられないままのしかかられ、着ていた夜着を剥ぎ取られた。

「や……！　ザック……！」

ここに来て、彼が何をしようとしているのか分からないほど鈍くはない。この王宮に来てから何度も彼に抱かれたし、月の障り以外で拒んだこともない。

(でも、今は嫌……！)

正妃の苦悩を知ってしまった今、それはできない。

気持ちの整理がつくのを待ってほしかった。

「お願い、ザック……！　今は……！」

必死で腕を振り回して拒むと、ザックが忌々しげに舌打ちをする。そしてピオニーの両手首を摑むと、彼女の顔の横に力任せに押しつけた。

「言え、ピオニー。他に、あいつに何をされた」

鼻と鼻がつくほどの距離まで顔を寄せ、ザックが訊いた。その美しい顔は無表情なのに、藍色の瞳だけがぎらぎらと光っている。その身から醸し出される異様な迫力は、夜行性の猛禽類を彷彿とさせた。

「今朝までは何もなかったはずだ。唐突に私を拒むような何かがあったはずだ。何をされた、何を言われた、ピオニー」

静かに問う声が、かえって恐ろしい。彼の怒りをひしひしと感じ、ピオニーは仕方なく首を横に振った。

「……あ、顎を掴まれた以外は何もされていないわ。ただ、聞いたの。……正妃様のことを」

チ、とまた舌打ちの音が響く。

「余計なことを……！」

唸り声で吐き捨てるザックを、ピオニーは涙目で睨んだ。

「……余計なこと？　それは余計なことなの？」

腹の奥底でとぐろを巻いていた真っ黒な感情が、むくりとその頭を擡げる。

——愛しているというなら何故、ザックには正妃がいるのか。

それは詮無い疑問だ。ザックは王で、王は国のための結婚をしなくてはならない。彼に力のある妻がいるのは当然で、ピオニーには力がない。まして、彼が結婚したのはピオニーと再会するずっと前だ。それに、自分は全てを分かった上で愛妾としてここにいるのだから、文句を言えた義理ではないのだ。

だが心の底ではずっと叫びたかった。

（どうしてあなたは私だけのものでいてくれないの？）

ピオニーはザックのものだ。それなのに、ザックはピオニーだけのものではない。

愛する男を誰かと分かち合うことなんて、本当はしたくないのに。

我儘だと分かっている。だから喉元まで出かかった欲求を、ピオニーは別の言葉に代えて吐き出した。

「私が現れたから、正妃様は悲しんで離宮へお移りになったのだと聞いたわ」

「ピオニー」

ザックがため息で名を呼んだ。聞き分けのない子どもにするような態度に、無性に腹が立って、ピオニーは喋り続ける。

自分が悩んでいるのと同じくらい、彼も悩むべきなのだと思った。

「それはそうよね。私だったら耐えられない。夫が自分以外の女性を寵愛するのを横目で見て暮らすなんて。きっと気が触れてしまうわ」

言いながら感情が昂ってきて、鼻の奥がツンと痛んだ。涙の膜が視界を覆ったけれど、ザックに両手を摑まれているのでそれを拭うこともできない。歪んだ視界のまま、目の前にあるザックの顔を睨みつけて叫んだ。

「正妃様は、私のせいで苦しんでいらっしゃる。私があなたを愛することで誰かが不幸になるのなら、私の愛は正しいとは言えないのではないの……!?」

それはピオニーが中庭で仮面の男に事実を突きつけられてから、ずっと考え続けてきた自分への問いかけだった。

——自分の想いは、愛は、正しくないのではないか。

答えは決まっている。正しくない、の一択だ。

誰かを不幸にして手に入れる幸福など、正しいはずがないのだから。

だがザックはその問いを、鼻で笑って一蹴した。

「くだらない」

今日一日悩んだことをあまりにアッサリと棄却され、ピオニーは半ば唖然としてしまう。

「く、くだらないって……」

「正しい愛などない」

ザックはスッパリと言い切ると、ジロリとピオニーを睨んだ。

「愛とは自分の感情を他者に受け止めさせようという欲求の発露だろう。それが独りよがりなものでないはずがない。そもそも利己的な概念であるものを、正しいか間違っているかで分けようとすること自体がばかげているんだ」

独自の論理を展開しながら、ザックは片手で自分の髪を束ねていた革紐を解くと、ピオニーの両手首を纏めて括り、天蓋の支柱に縛り付けてしまった。

「えっ……ザック？」

頭の上で両手首を拘束された状態になったピオニーは、オロオロしながらザックの顔を見上げる。先ほどドレスを剝ぎ取られたので、ピオニーは今生まれたままの姿だ。その心許ない恰好で更に両手を縛られ、ベッドに仰向けに転がされているという無防備極まりない状況に、妙に不安を覚えてしまう。

「これで逃げられない」

ザックはそんなピオニーを満足げに見下ろすと、自分も着ていた夜着をゆっくりと脱ぎ捨てていく。

露わになった彫刻のような逞しい裸体に、ピオニーは慌てて目を逸らした。男性の裸を直視できるほど、まだ男女の営みに慣れてはいない。

「……あ、あの、私、本当に、今日は……」

正しい愛などないとザックは言うけれど、それでもまだ納得できていなかった。こんな気持ちのまま彼に抱かれたくはない。

だがザックはお構いなしにピオニーに覆い被さると、無言のままキスをしてきた。両手で頭を摑まれているので拒むこともできず、ピオニーはただひたすら彼を受け入れるしかない。

「ん、んぅ、む、んんんっ……！」

容赦なく口内を蹂躙されて、ピオニーは身体の芯に欲望の火を灯されていくのを感じた。

悔しいけれど、自分よりもザックの方がこの身体のことを熟知している。

「ん、やぁっ……ザック……！」

息をつく間もなく貪られ、酸素不足に頭がぼうっとしてきてしまう。それでも言いなりになるのが嫌で必死に抗うけれど、ザックは揶揄するように笑うばかりだ。

「ダメだ。私から離れようとすれば、こうして必ず引き戻されるということを、じっくりと身体に教え込んでやる」

唇をわずかに離しただけの至近距離でそう宣言され、ピオニーはくしゃりと顔を歪める。

「ひどい……」

思わず呟いた非難に、ザックが恍惚とした表情で笑った。

「そう、私はひどい人間だ。君が逃げないならばいくらでも甘やかすが、逃げると言うなら容赦はしない。私はいくらでも残酷になれる人間だということを、覚えておくといい」

そう言って、ピオニーの乳房を鷲摑みにする。力任せに握られて、痛みに悲鳴を上げると、ザックがクックッと喉を鳴らして手の力を緩めた。

「痛みと快楽は隣り合わせなんだ。味わってみるといい、ピオニー」

言いながら頭を下ろしていき、摑んでいた乳房にガブリと嚙みついてくる。

硬い歯が自分の柔らかい肉に埋まる感触に、ゾワリと肌が粟立った。痛みが来る、と身構えていたのに、訪れたのは甘く鋭い快感だった。噛みつく寸前で力を抜いたザックが、代わりに乳首に強く吸い付いたのだ。

「ひ、あぁあっ」

予期せぬ快感に、パチパチ、と目の前に快楽の火花が飛んだ。頤を反らしたピオニーの反応が気に入ったのか、ザックは執拗に乳首を弄り始める。強く吸い上げたかと思ったら、舌で捏ね繰り回したり、それに飽きたら歯を立てたりと、目まぐるしく変わる彼からの刺激にピオニーは眩暈がしそうだった。

やがてザックの口がまだ触れられていない方の乳房へと移動する。期待と怯えが綯い交ぜになった感情を持て余して次の刺激を待っていると、いきなりまた乳房に噛みつかれた。

「キャアッ！」

先ほどの甘噛みとは違う、しっかりと痛みの伴う力に、ピオニーは甲高い悲鳴を上げてビクリと身を竦ませる。ザックは歯を当てたままベロリと舌でその場所を舐め、じゅう、と大きな音を立てて肌を吸い上げた。

肌を強く吸われる痛みにまた息を詰めた瞬間、ザックが乳房を解放する。

「……ああ、きれいに付いた」

満足げな声に首を擡げてそちらへ目を遣ると、左の乳房に赤い痕が残されていた。吸われた部分が赤く色づき、その周囲を縁取るように歯型が浮かんでいる。

「私のものだという証だ」

ザックが痕を指でなぞりながら言った。その言葉に嬉しくなってしまうのは、多分自分が愚かだからなのだろう。

「……そんなことをしなくても、私はもうあなたのものだわ」

逆に、ピオニーだけのものではないのは、ザックの方なのに。

言えない不満を押し殺し、涙目でじっと彼を見つめていると、ザックがフッと嘲笑を漏らした。

「逃げようとしているくせに、よく言う」

「それは……！」

逃げることとは別の話だ。そばにいなくとも、この先ピオニーがザックのものであることは変わらない。ザック以外の男性を愛することはないのだから。

だがザックはピオニーの反論を手を払って遮ると、底冷えのする目をして言った。

「私から逃げられると思うな。決して逃がさない。二度と手放さない。それでも逃げたいというなら、私を殺してから行け」

あまりの言葉に、ピオニーは絶句した。

殺してから行け、なんて。ピオニーにザックが殺せるわけがないのに。

だが彼が冗談で言っているのではないと、その目を見れば分かる。藍色の瞳はピオニーを見ているようで見ていない。どこか虚ろなこの目を、ピオニーはよく知っていた。

（——私の目だ）

ザックと引き離され、もう会えないのだと諦めた頃の自分が、よくこんな目をしていたことを思い出す。彼もまた、自分と同じような孤独の中を生きてきたのだろうか。

幼い頃、あの森で遊んだ日々は完璧だった。二人だけで完結した、満ち足りた世界を知っている以上、他のどんなものでもそれにとって代わることはできない。分かっているからこその絶望を知っている目だ。

「ザック……」

ピオニーは知らず、縛られた手をぎゅっと握っていた。

（……私は、勘違いしていたのかもしれない……）

再会したザックは王だった。自分とは何もかもが違う生活をしていて、全てを手にしているかのように見えた。傅（かしず）かれ、人に囲まれた彼は、孤独からは遠い存在だと……。

そしてなにより、彼には隣に立つ女性の存在があった。

自分が求めるほどには、彼は自分を求めていないのだとどこかで思ってしまっていた。

昔の思い出の少女を見つけて、気まぐれにそばに置こうとしているだけなのかもしれないと。

（……でも、そうではなかった？）

彼は王となった今でも、孤独の中にあるのだろうか。

ピオニーが彼でしか埋まらない孤独を抱えているように、彼の中にもピオニーでしか埋まらない虚ろがあるのだろうか。

だとすれば、逃げ出そうとしたピオニーは、またあの孤独の中に彼を置き去りにしようとしているのも同然だ。

(誰かを不幸にしたくないなんて、綺麗事だわ)

正しい愛などないと、ザックは言った。その通りだ。

(私は、彼に向き合ってすらいなかったのだわ)

修道院で再会し、強引に王宮へ連れて来られて、現実に心がついていけていなかったのかもしれない。ザックが国王陛下であるという事実もちゃんと受け止めきれないまま、愛妾という立場に置かれて、戸惑いしかなかった。

全てが現実味のないまま進んでいき、あの仮面の男に言われたことで、許容量を超えてしまったのだろう。

(私は、覚悟を決めるべきなのだわ)

ザックを愛している。そして、ザックのそばにいたい。

ならば、愛妾であることを受け入れなくてはならない。

それが即ち、正妃を不幸にすることだったとしても、構わないと思った。

なによりも、誰よりも、彼が大切だ。あの孤独の中に、彼を置き去りにしたくない。自分がもう二度と、あの孤独に耐えられないから。たとえこの国の民全員を敵に回したとしても、ピオニーだけは最後まで彼の味方でいたい。

(私が一番幸福にしたいのは、ザックだから)

ならば、自分はそのエゴを貫くしかない。

そう思った瞬間、今まで胸の中に重々しく巣くっていた黒い葛藤が、魔法のように霧散した。目の前に立ち込めていた霧が晴れたような気分で、ピオニーはザックに言った。

「手の紐を解いて、ザック」

彼を抱き締めたかった。思いきり抱き締めて、もう二度と逃げないと言いたかった。

だがピオニーの心の裡を知らないザックは、その要望を冷たく一蹴した。

「ダメだ。逃がすつもりはない」

逃げないと言おうとしたピオニーは、ザックに脚を左右に開かされてギョッとする。自分の脚の付け根に、彼が顔を埋めてしまったからだ。

ぴちゃり、と音がして、入り口に生暖かい感触がした。

「やっ！　ダメ、ザック！　どうしてそんなところっ……！」

舐められているのだと分かり、ピオニーは頭が沸騰しそうになる。

不浄の場所だ。性行為にはそこに男性の陽根を挿し入れるのだと知ったけれど、それでもその場所を舐めるなんて、どう考えても異常だ。

焦って止めようと身を捩ったが、ザックの腕が尻の下に回り腰を摑んで固定してしまったため、身動きが取れなくなってしまった。

その間も、ザックはピオニーの秘裂に舌を這わせる。肉の花弁を掻き分けるようにして蜜口の中を舐めると、硬くした舌先で浅い場所をくすぐり始めた。

「あぁ……や、ぁ、……っ」

とろりと自分の奥から蜜が溢れだすのを感じて、ピオニーはぶるりと背筋を震わせる。ザックに躾けられた身体が準備を整え始めていた。

蕩けだした愛蜜を、ザックの舌が掻き回し、啜り上げる。卑猥な水音が広い寝室にこだまし、ピオニーは恥ずかしさのあまり泣きたくなった。

「や、やめて……！　お願いよ、ザック……」

快感よりも羞恥心が勝って、ピオニーはひたすらイヤイヤと首を振っていたが、ザックの舌が陰核を撫でた瞬間、腰を跳ね上げた。

「ぁあっ……！」

ビリと下腹部を直撃するような強い快感に、ピオニーは息を呑む。これまでもそこを触られたことはある。だが指ではなく、舌で触られるのは初めてだった。

「気持ちいいか？　ピオニー。君はこれを弄られるのが好きだからな」

ザックの笑みを含んだ声が聞こえる。からかうような口調の中にも、凝った欲が垣間見える声色だった。

自分に欲情する雄の声に、ピオニーの中の雌が歓喜して身を震わせる。

じわりと身体の芯が熱を持つのを感じた。彼女の中で高まる熱に呼応するように、ザックが陰核を舌先で執拗に捏ね回す。

「ふ、ぁあ、や、だめ……それ、ずっとされたらッ……！」

快感がどんどんと蓄積していき、頭の中が白く霞んでいく。

いつの間にか息を止めていて、引き絞られた弓のように背を反らしていた。

極限まで高められたピオニーの緊張の糸を弾いたのは、やはりザックだった。

「達け」

短く告げて、ザックは張り詰めた肉芽に歯を当てた。

唐突に与えられた痛みに、ピオニーは弾け飛ぶ。強すぎる快感に、視界に白い光が飛んで色がなくなった。同時に身体の感覚も失われて、空気の中を漂っているような心地がしたが、すぐにずしりと倦怠感に襲われる。

は、は、という自分の荒い呼吸音が聞こえて、自分の四肢が戦慄きながらシーツに沈んでいくのが分かった。

「派手に達したな。君の蜜で私の顔がベタベタだ」

ザックが笑いながら言って、テラテラと濡れて光る口元を手の甲で拭う。

恥ずかしいことを言われているのに、愉悦の名残の中を揺蕩(たゆた)っているピオニーは、ぼんやりと彼を見上げることしかできない。

そんな彼女を見下ろして、ザックが皮肉げに口を歪めた。

「そうやって動けないままでいるといい。どう抗っても、君は私の腕の中から出ることはできない」

吐き捨てるように言って、ザックはピオニーの身体をうつ伏せになるように引っ繰り返す。

いきなり視界が変わって、くらりと眩暈を起こしかけたピオニーは、腰を持ち上げられたかと思った次の瞬間、勢いよく貫かれて息を止めた。

「はっ……！　ぁ、あ……」

いきなり太い肉杭で隘路に押し入られて、限界まで押し広げられた蜜襞が小刻みに収斂(しゅうれん)している。だがザックは容赦なく腰を押し進め、最奥まで達すると、すぐに引きずり出してまた叩き込んだ。

「きゃうっ！」

まるで犬のような悲鳴が出る。

ザックはピオニーの悲鳴など聞こえていないのか、そのまま激しく腰を前後し続ける。

「あ、あ、ぁあっ、だ、ザック、ぅうっ」

嵐のようだった。

ザックの熱杭は文字通りピオニーの内側を蹂躙した。何度も何度も一番奥まで叩きつけられ、媚肉をこそがれると、否応なしにまたピオニーの中に熱が溜まっていく。

ただでさえ先ほどの絶頂に惑乱(わくらん)している頭は、またどんどんと快感だけを追って白く霞んでいった。

ザックの荒い息使いが聞こえる。熱い呼吸に男の欲情を感じ取り、じわりと悦びが快感に滲むと、男根を咥え込む蜜筒がきゅうきゅうと収斂した。

肉襞に扱き上げられたザックが、腰の動きを緩めてうっとりと呟く。

「ああ、すごい。絡みついてくる」

自分の中で彼が感じているのだと思うと、ピオニーの胸に歓喜が広がった。もっと感じてほしいと思うと、自然と腰がくねった。

「腰が揺れているぞ。いやらしいな、ピオニー」

面白がるように言って、ザックがまた激しく抜き差し始める。同じところを何度も突かれ、重怠(おもだる)い痺れが生まれて身体の芯を熱くしていった。腹の奥が熱い。熱くて、切なくて、もっともっと欲しくて、浅ましい女孔が咥え込んだザックの雄芯に縋りつくように戦慄いた。

「あぁ、あ、……も、ああ、ザック……ザック……！」

気持ちいい。気持ちよくて、それ以外の感覚がぼやけていく。

「クッ……！」

ザックの呻き声が聞こえて、膣内を犯す肉棒の質量が一回り大きくなった。それと同時に、ピオニーの中の快楽もまた、限界まで膨れ上がる。

ザックがずるりと限界まで肉竿を引きずり出し、勢い良く最奥まで叩き込んだ。

ドン、と子宮を押し上げられる感覚に、ピオニーの意識が飛びかける。

「ピオニー……！」

絞り出すように名を呼ばれ、身の内側でザックが弾けるのが分かった。ビクビクと震える彼を愛しく感じていると、背中からのしかかるようにして抱き締められた。

その肌の熱さと、身体の重みに安堵して、ピオニーはゆっくりと瞼を閉じたのだった。

＊　＊　＊

王宮と離宮とを繋ぐ回廊は、非常に長い。

回廊というより、建物と建物を行き来する際の雨除けの通路という方が正しいのかもしれない。

(何故こんなものを作る必要があったのか)

たまに不思議に思うことがある。

というのも、王宮と離宮を繋ぐこの回廊が使われることはほとんどないからだ。王宮に仕える者と、離宮に仕える者とは厳しく分けられ、よほどの用事がない限りは、己の配属された宮以外に立ち入ることは許されない。

それはこの離宮が、代々の王の王太后が使う宮だったせいだ。母后としての権威を示すために、離宮の使用人を差別化し、特別視させるためだったのだろう。

(いつの世も、前王の妃というものは面倒なものだということか)

今の王太后は王宮に居を構え、正妃の方が離宮に移っているのだから、過去とは逆の構図にはなっているものの、どちらも自尊心が高く扱いにくいことでは同じである。

とはいえ、使われない回廊だからこそ、今自分はここに来たのだ。

紺碧の空には半月が輝いて、延々と続く回廊を白く照らし出している。その先に、一人分の人影が見えた。

(——やはりいたか)

あれだけの挑発行為をしておいて、奴が何も動きを見せないはずがない。

分かっていても、そのやり方に苛立ちを覚えてしまうのは、同族嫌悪というものだろうか。

「待ち侘びたぞ」

こちらの顔を見るなり腹立たしげに文句をつけてくる仮面の男に、静かに肩を竦めた。

「約束はしていない」

「だがここに来たということは、こちらの意図は伝わっているということだ。約束も同然だろう」

勝手な理屈をつけて、仮面の男はフンと鼻を鳴らす。こちらとしても、どうでもいい議論を続けるつもりはなかったので、早々に切り出すことにした。

「〝互いの妻には不可侵〟がルールだったはずだ」

単刀直入に非難すると、仮面の男はせせら笑う。

「そもそもそのルールを守る必要はあるか？」

「なんだと？」

発言の意図が分からず眉宇を顰めた。

自分とこの男は、ゲームをしている。王太后が提示したゲームだ。ルールに則らなければ失格と見なされるのが分かっているのに、あえてルールを破る理由は何か。

ゲームを降りるという意味かと思ったが、すぐにそれはないと考え直した。

自分の優位を信じ切っているこの男が、勝負を投げ出すなどあり得ないはずだ。

「王太后様のご不興を買えば、そちらも不都合があるだろう」

「ハッ、王太后様、王太后様……さすがは犬！　尻尾を振るのがお上手なことだ！」

王太后、の言葉に、それまで抑えられていた仮面の男の声が大きくなった。感情的になっている証拠だ。

(……子どものようだな)

過剰な反応をしているつもりはないのだろうが、冷静に観察すると分かりやすいことこの上ない。

この男は王太后を意識せずにはいられないのだ。

自分からしてみると、実に不可解で奇妙だが、これは一種の刷り込みに近いのだろう。卵から孵ったばかりの鳥の雛が、最初に見たものを母親だと思い込むあれだ。

どちらが犬か、とおかしさが込み上げたが、それよりも今のこの男の感情の昂りを利用しない手はない。

(少し煽っておくか)

仮面の奥からこちらを睨めつけてくるギラついた瞳をまっすぐに見つめ返すと、自分の左胸に手を置き、忠誠を誓う仕草をして言った。

「私は犬で構わない。王太后様はお優しい。この間もよくやったと褒めてくださった。期待しているとまで――」

「やめろ！」

男が右手を振り払って叫ぶ。そしてツカツカと歩み寄ってきたかと思うと、こちらの胸倉を掴んで唸り声を出した。ギリギリという歯軋りの音が聞こえてくる。

「何が期待している、だ！　お前が期待などされるわけがなかろう！　この偽者が！」

「偽者かどうかは、王太后様がお決めになることだ」

「このッ……！」

そのまま力を込めてこちらの首を絞めにかかってきたので、懐に忍ばせた短剣を引き抜いてその後ろ首に宛てがう。ヒヤリとした刃物の感触に、男の動きが止まった。

睨み合ったのは一瞬、やがておもむろに男が手を下ろしたので、自分もまた刃物を掴む手を男から遠ざける。

奇妙な沈黙が降りた。こちらはただ男を観察していたのだが、男の方は感情的になった自分の行動を恥ずかしく感じたようだ。

誤魔化すように一歩下がって距離を取ると、「私はお前とは違う」と呟いた。

これには完全に同意だ。自分はこの男とは違う。自分よりも多くを持って生きてきた者だ。だが何故かそれを羨ましいと思ったことはただの一度もない。この男が持っているものので、自分が欲しいものは一つもないのだ。

(だが、多分この男もそうなのではないか)

この男は、きっと自分が本当に欲しいものを知らない。「自分はそれが欲しい」のだと思い込まされていることに気づいていないからだ。

不幸な男だな、と思う。そしてそんな自分を傲慢だとも思う。人の幸福は、他人が測れるものではない。この男が幸福なら、それが幸福なのだ。

とりとめのない考えに沈んで沈黙を保つと、男がクックッと喉を鳴らし始める。調子を取り戻したのか、愉快で堪らないといった表情だ。

「私とお前では、やっているゲームが違うということさ。王太后の犬は、従順に王太后のゲームをしていればいい」

得意げな台詞に、内心ほくそ笑んだ。

(なるほど、順調にいっている)

目の前の男の頭を撫でてやりたい気持ちだったが、もちろんそんな素振りはおくびにも出さず、不可解そうな表情を作っておく。

「どういう意味かは測りかねるが……それはそちらの手の内を明かしているということではないか？」

念のためにかまをかけてみる。この男の性格上、そこまで読んで罠を仕掛けてきたりはしないと思うが、基本的に自分と同類の男であるはずだ。万が一ということもある。

だがそれは杞憂(きゆう)だったようで、男は小ばかにした笑い声を上げる。

「言っていることの意味も分かっていない奴が、何をこちらの心配までしている？　呆れてものも言えないな！」

「……今は分からずとも、そのうち判明するかもしれないぞ」

「負け惜しみか？　安心しろ。お前があの女の犬である以上、私を理解するのは不可能だ」

ずいぶんとこちらを理解していらっしゃるようで、とおかしくなるが、あえて沈黙を選ぶ。挑発してみるのも一手だが、挑発しなくてもこうしてわざわざ自分の手の内を見せびらかしてくれるので問題ない。

どうしてこの男は、敵に塩を送るような真似を毎回するのだろうと考えたこともある。

自分だったら間違いなくしない。

（多分、この男にとって、私は初めての脅威なのだろう）

これまでこの男の世界は単純だった。構成するものは、己と、己を容認する存在としての王太后の二つだけだった。上手くやれば褒められ、下手を打てば叱られる。どちらにしても王太后の反応が返ってくることで平穏を保てる——ちょうどボール遊びによく似ている。

（だが、そこに私が投入された）

王太后がボールを投げる方向が二手になった。ボールが飛んでこなくなる現実を目の当たりにし、生まれて初めて己の立場の危うさを知ったのだろう。

そして怯えているからこそ、自分の優位性を突きつけなくては気が済まない。

(こちらとしては、分かりやすいのに越したことはないが)

それでも複雑な気持ちになってしまうのは、己の本質ゆえか。

「私はお前に勝つ。今のうちに、その偽の王座の座り心地を堪能しておくがいい」

捨て台詞のように吐き捨てて、仮面の男は身を翻(ひるがえ)し、離宮へと戻っていった。

毎回あの男の後ろ姿を見送っているなと思いながら、自分もまた踵を返す。

(さて、王太后のゲームのルールを、どこまで改変するつもりなのか)

ゲームという言葉を使っていたあたり、全てを無視するつもりはないのだろう。ある程度を彼にとって都合の良いように変えるつもりだと判断して良さそうだ。

今回、自分の計画で重要なのは、あの男が「王太后のルール」を破ることだ。

「いい塩梅(あんばい)だ」

あともう一押しか二押しで、あの男は気づくだろう。

『自分の世界は王太后によって支配されている』と——。

道筋は出来上がりつつある。

「実に、いい塩梅だ」

もう一度呟いた。これまで蒔(ま)いた種は、芽を出し、着実に成長している。

実が成るのは、そう遠くはないだろう。

第五章

ピオニーは一通の封筒を見つめていた。

真っ白く上質な紙で作られたそれには、真紅の封蝋が捺されてある。そこにくっきりと浮かんでいるのは、薔薇を模った紋だ。隣国の国花としても有名である。

つまりこれは、隣国の王女であったザックの正妃から届いた手紙なのだ。

これが届けられたのは、ザックが公務に出かけた後だった。まるで見計らったかのようなタイミングで正妃の使者という女官が現れて、これを差し出された。

ピオニーは困惑してしまった。

開けるべきか、開けざるべきか。

本来ならば、ザックと相談したかった。自分が勝手に動くことで彼に不利益をもたらしたくはない。だが彼は今ここにいないし、正妃の女官が返事をもらうために待機してしまっている。

（これは……開けないわけには、いかないわよね……）

愛妾が正妃の手紙を開かず、返事を待っていた女官を追い返したとなると、間違いなく心証が悪くなる。

恐る恐る封を切って手紙を開くと、流麗な女文字で、ピオニーを午後のお茶会に招待すると書かれてあった。最後には、もちろんアンジェリク・エレイン・ナローとサインもある。

間違いなく、この国の王妃の名だった。

「どうぞお返事を。口頭でよろしゅうございます。わたくしが正妃様にお伝えいたしますゆえ」

背筋を伸ばして待機していた女官が、高い声で言い放つ。

ピオニー付きの女官たちが、その居丈高な態度に不愉快そうにしているが、使者は意に介す様子もない。

「レディ・ピオニー。陛下がお戻りになるのをお待ちになった方がよろしいのでは」

堪りかねたように、一人の女官が助言してくれたが、使者の鋭い声がそれをはねのけた。

「なりません！　正妃様は今日の午後にお茶会を催されます！　返事が遅くなれば準備もままなりませんので！」

喚き散らされた内容に、女官たちが「そんな勝手な」、「突然来ておきながら」などと不満を囁く。

使者が悪鬼のような形相で女官の方を向いたため、ピオニーは焦って早口で言った。

「あの、それなら、私は今回はご遠慮した方がいいと思うのです。……お恥ずかしいことに、私はまだ王宮に不慣れで、正妃様の御前に出て行くには早いと思っておりますの。正妃様に失礼があってはいけないでしょう？」

ザックの判断を待ちたかったピオニーが、無難な言い訳で返答を先延ばしにしようとすると、使者はギッとピオニーを睨めつけてきた。

「愛妾風情が、正妃様のお誘いを断るつもりか！」

その言い草に、ピオニーの周囲が一気に殺気立った。

（ああ、大変……）

ピオニーは心の中で顔を覆う。本当に大変だ。とうとう勃発してしまった。

正妃と愛妾、国王の寵愛を競う女たち、という構図が出来上がっている以上、それぞれに仕える女官たちが派閥を作り上げるのは仕方のない話だ。

それにしても、敵陣に一人乗り込んできておきながら、ここまでの言動をとれるこの女官の肝はなかなか据わっている。半ば感心しながらも、ここで騒ぎを起こすわけにはいかないと判断したピオニーは、にっこりと笑って使者に言った。

「分かりました。謹(つつし)んでお受けいたしますと正妃様にお伝えしてください」

満足そうに鼻を鳴らして帰っていく使者を見送って、ピオニーはがっくりとテーブルに突っ伏した。たった十数分のやり取りだけで、疲労困憊だ。

（こんなことで、正妃様とお茶会なんてできるのかしら、私……）

想像するだけで胃が痛くなる。

「レディ・ピオニー、大丈夫ですか？　今から陛下に事情をお伝えして、お断りしては？」

女官たちが心配そうに言ってくれたが、ピオニーは顔を上げ、首を横に振った。

「……いいえ、行きます。いつかは通らなくてはならない道だもの」

ザックの傍で生きる覚悟を決めたのだ。

愛妾として、正妃の怒りをこの身に受けてこよう。

（それが私の義務の一つよ）

ピオニーは、歯を食いしばり立ち上がった。

＊＊＊

正妃のお茶会は、離宮の庭で行われた。

女官たちが張り切ってピオニーの身支度をしてくれたので、今のピオニーはなかなか国王の寵姫らしい姿に仕上がっている。

薄いクリーム色の生地に金糸でできた繊細なレースがあしらわれたドレスは、華やかなのに嫌味がなく、色の白いピオニーの肌に品良く映えた。そして髪を上品に結い上げてもらい、薄く化粧を施すと、自分でも驚くほど素敵な仕上がりになった。

　これならちょっと自信がついたかもしれないと思っていたピオニーだったが、正妃を前にして、付け焼き刃のその自信があっという間に崩れていくのを感じた。

「お前が陛下の愛妾？　……なるほどねぇ」

　鈴を転がすような美しい声が響く。

　色とりどりの薔薇が咲き誇る中、レースの扇を手に、ゆったりと椅子に腰かけているその人が、アーネスト一世の正妃、アンジェリクだった。

　豊かな金髪を華やかに結い上げ、小さな顔には空色に輝く大きな瞳、長い睫毛は頬に影を落とすほどで、ふっくらとした唇は茱萸の実のように愛らしい。

　これほど艶やかで美しい女性を、ピオニーは見たことがなかった。神話に出てくる、愛の女神の化身なのではないかと思うほどだ。

（この人が、ザックの正妃様……）

　愕然とした思いでその女神のような姿を見つめた。

　なるほど、アーネスト一世とその正妃が美男美女だと褒めそやされるのも頷ける。決してお世辞や誇張などではなかった。

　ザックも息を呑むほどの美貌だが、アンジェリクの艶美さにも目を奪われるものがある。

この二人が並べば、それはものすごい迫力だろう。

（美の暴力だわ……）

こんなに美しい人を妻に迎えながら、どうして自分なんかを、と拗ねた気持ちが湧いてきてしまうが、ザックが自分に求めているのは美しさではないことは理解している。

「このたびはお招きいただきありがとうございます……」

指定された席に着く前に膝を折って挨拶をすれば、アンジェリクは扇を振って「早くお座り」と促した。

言われるままに着席すると、背後に控えていた女官がティーカップにお茶を注いでくれた。ハーブティーなのか、柑橘系の匂いが鼻腔をくすぐる。ピオニーは何気なく湯気の立つ茶色のお茶を覗き込んだ。

「毒など入っていないから、安心おし」

唐突に言われて、ハッと顔を上げる。

アンジェリクが皮肉っぽい笑みを浮かべてこちらを見ていた。

「そ、そのようなことは思ってもおりません……！」

焦って否定すると、アンジェリクは「そうなの？」と意外そうに肩を竦める。

「もう少し警戒した方がいいのではないの？　ここは敵地も同然なのだから、安易に食べ物を口にするものではないわ」

「えっ……」

まさかの助言に、青くなってティーカップを見つめる。やはり毒が入っているということなのだろうか。

「まあ、わたくしはそんな無駄なことはしないけれど」

コロコロと笑って、アンジェリクは優雅な手つきで紅茶を飲んだ。

さぞや自分に対して腹を立てているだろうと思っていたのに、アンジェリクからあまり怒りを感じないことにピオニーは戸惑っていた。

「お茶を飲みなさいな。本当に毒なんて入っていないわよ」

「あ、ありがとうございます……」

再度促され、ピオニーはそっとティーカップを口に運ぶ。ハーブティーは爽やかな香りで、とても美味しかった。

「ね、美味しいでしょう？」

「は、はい」

「良かった。この焼き菓子も美味しいわよ、たくさん食べなさい。お前、ちょっと痩せすぎよ。修道院育ちなんですって？　かわいそうに、碌(ろく)な食べ物がなかったのね」

「ええと……」

自分の出自をアンジェリクが知っていることに戸惑いながら、ピオニーは女官が取り分けてくれた焼き菓子の皿を受け取った。

「あの、修道院といいますか、女学院に入っておりましたので……」

修道院には孤児院が併設されていることが多い。孤児だと誤解されて噂になってしまうと、ザックに迷惑がかかるかもしれないと、一応訂正を試みる。

するとアンジェリクは「知っているわ」と軽く肩を竦めた。

「陛下がいつも女を調達している女学院でしょう？　あの方は若い純潔の女を好むのよ。修道女見習いの娘の中から選ぶのが早いのではって、結婚した時にわたくしがお勧めしたの」

何でもないことのようにサラリと言われ、ピオニーは首を傾げてしまう。

（……女を調達？　純潔？）

どういう意味なのか、頭が働かない。

固まったピオニーに、アンジェリクが目を丸くした。

「あら、お前知らなかったの？」

「……あ、あの……」

紅茶を飲んだばかりなのに、口がカラカラに渇いていた。

顔色を失うピオニーをよそに、アンジェリクは落ち着いた様子で扇をサッと開いてそれを翻す。扇がれて、彼女のこめかみのおくれ毛がふわふわと揺れる様が、妙に現実味がないように感じられた。

「あの修道院は、毎年多額の寄付金を得る代わりに、数年前から修道女見習いの若い娘を、陛下の性欲処理のために差し出しているのよ」

「――――え……？」

アンジェリクは今、なんと言ったのだろうか。

言われた言葉が脳を上滑りして、何一つ内容を理解できない。

（修道院が、修道女見習いを、……差し出していた？　性欲の処理？）

頭の中で言葉を反芻する。それと同時に、女学院にいた時の思い出が次々に蘇る。あまり楽しい思い出もなかったはずなのに、脳裏に描くリコリスや同級生たちは、みんな笑顔だった。

（皆の中の、誰かが……この国の王に、差し出されていた？　寄付金と引き換えに？）

それではまるで質の悪い娼館ではないか。

「そ、そんな……嘘ですよね……？」

絞り出した声は、震えていた。

（だって、ザックはそんな人じゃない……！）

そうだ、とピオニーはお腹に力を込める。

（しっかりしなさい、ピオニー！）

ザックはそんな人ではない。それは自分が一番よく知っている。

女性を手籠めにするような非道は、絶対に行わない。

ピオニーはゴクリと唾を呑み、背筋を伸ばしてまっすぐにアンジェリクを見返した。

「へ、陛下は、望めばどんな高貴な女性だって手に入れられるお立場です。それを、わざわざ修道女を連れてくる理由なんてないですもの……!」

ピオニーの反抗的な態度に、アンジェリクは面白がるような顔になって小首を傾げる。

「ばかね。高貴な女性ではだめなのよ。陛下はすぐに殺してしまうから」

「――え……?」

ピオニーは自分の耳を疑った。聞き間違いだと思った。

目の前の女神のような女性は、真っ青な顔をしたピオニーに、優しい微笑みを向けている。まるで泣いている子どもを宥める母親のような表情だ。

「陛下は殺してしまうのよ。行為中に、女の首を絞めるのがお好きなの」

困ったものよねぇ、とのんびりとした口調で続け、アンジェリクはまた紅茶を一口啜った。

「わたくしがお相手するわけにもいかないから、他を宛てがわなくちゃいけないでしょう？　でも身分のある女だと、死ねばいろいろと面倒だから……何かいい方法はないかって考えていたところに、あの修道院が寄付を強請ってきたのよ。わたくし、天啓だと思ったの！　修道女ってちょうどいいと思わなくて？　俗世との縁を断ち切っているから、死んでも誰も文句を言わないもの」

ピオニーは信じられない思いで、アンジェリクの話を聞いていた。

むかむかと吐き気が込み上げてくる。

この人は何を言っているのだろう。修道女が死んでもいい？　誰も文句を言わない？

とても正気とは思えない内容を、他愛のない世間話でもするように気安く喋るアンジェリクの感覚が理解できなかった。

（……この人にとって、私のような後ろ盾のない者は、人ですらないのだわ……）

女神の顔をした、悪魔だ。

もし自分が修道女の立場だったら、なんて、きっと想像したこともないのだろう。想像する意味がないし、持たざる者の世界など、彼女にとっては存在しないも同じだから。

ピオニーは改めてアンジェリクを見つめた。

邪気のない笑顔だった。

嫌悪感を抱くと同時に、妙な既視感に襲われる。

（同じような顔を、どこかで見た気がする……）

そう思って額に手を当てたピオニーの脳裏に、橙色が掠めた。

（……百合の色だわ。修道院の、百合園……）

こちらに向かって手を伸ばすザックの姿が蘇って、ピオニーの心臓がギクリと軋む。

あの時、自分はザックに嫌悪感を抱いた。

彼の尊大な態度や、人を人とも思わない傲慢な言動に驚き呆れ、心底嫌いだと思ったのだ。

あの時のザックは、目の前のアンジェリクの印象とよく似ていた。

そう思ってしまった自分に驚き、ピオニーは慌てて否定する。

(違う！　ザックは違う……！　そんなこと、絶対にしないわ……！)

確かに再会した日のザックはひどい態度だった。けれど今の彼には嫌悪感を覚えるようなところは何一つない。多少無表情で冷たく見えるが、ピオニーには笑いかけてもくれるし、使用人たちにも丁寧で優しい。アンジェリクとは違う。

それに、彼には何度も抱かれたけれど、首を絞められたことなど一度もない。まして、殺すなんてあり得ない。

だから、これはアンジェリクが嘘を言っているに違いない。

ピオニーはグッと拳を握り、自分の中の勇気を掻き集めた。

「正妃様には……さぞや私が目障りなことと思います。私を懲らしめるためにそのような……作り話をされたのかもしれません。ですが、そのお話は陛下を貶めることにもなってしまいます。どうか……」

ピオニーの発言に、正妃の女官たちがいきり立つのが分かった。それはそうだろう、己の主を嘘つき呼ばわりしたも同然なのだから。

だがピオニーも引くわけにはいかない。それは愛妾としてではない。ザックを愛する一人の女性として、アンジェリクの話は聞き捨てにできないものだった。

一触即発かと思われた緊迫した雰囲気は、けれどアンジェリクが軽やかに笑い声を上げたことで霧散する。ピオニーはもちろん女官たちも、ポカンとして、笑う正妃を見た。

「ああ、おかしい。わたくしがお前を目障りに思うですって？　ばかね、そんなわけないでしょう！」

アンジェリクは目尻に浮かんだ涙を指で拭い、ふう、と息をついてピオニーに向き直る。

「目障りというからには、目に映らなくては。わたくしの目に映るには、虫では小さすぎるわ」

カッと頬に血が上った。

（この方にとって、私は人ですらないとは思っていたけれど、虫とは……）

女官たちからもクスクスという笑い声がさざめいてくる中、ピオニーは気持ちを落ち着けるために深呼吸を繰り返す。怒ってはいけない。怒りは思考を鈍らせてしまう。

アンジェリクが言っていたように、ここは敵陣だ。武器も持たず単身乗り込んでいるも同然の自分には、今は考えることしか対抗手段がないのだから。

(正妃様のこのご様子だと、私を脅威には思っていないようだわ)

最初から不思議だったのだ。アンジェリクからは、女の嫉妬のような感情はまったく見受けられなかった。こちらを蔑む言動も、おそらく身分に対してであって、愛妾を蔑むものではない。

つまりアンジェリクは、ピオニーを自分の恋敵だと見なしていないのだ。

「……では何故、私を今日ここへお招きくださったのですか？」

恋敵を懲らしめたい、という理由なのだと思っていた。あるいは、そこまでではなくとも、愛妾への牽制なのかと。

だがそうではないのだとすれば、何故彼女はピオニーと会おうとしたのだろう。

単純な疑問だったのだが、アンジェリクは一瞬目を丸くした後、ニタリとひどく粘ついた微笑みを浮かべた。

「あなたはわたくしの玩具だからよ。わたくし、面白いことが大好きなの」

愛らしい造作が邪悪に歪む様を見て、ゾッと怖気が走った。見てはいけないものを覗いてしまった時のような、得体のしれない恐怖が込み上げる。気を抜けば手足がカタカタと震えだしそうで、ピオニーはドレスの下の四肢に必死に力を込めた。

(玩具……？)

それはどういう意味なのか。だが、ピオニーにとって喜ばしい内容でないことだけは分かった。

「陛下が面白いことを始めたようだから、わたくしも参加させていただいているの。この国に嫁いでからというもの、お小言ばかりの王太后様のせいで、とてもつまらない毎日だったから、今とっても楽しいわ」

コロコロと笑って、アンジェリクが優雅に扇をひらめかせる。その優雅な仕草すら、恐ろしく見えた。

まるで蜘蛛の糸にかかった獲物になった気分だ。

「ねえ、ピオニー。陛下がわたくしをどんなふうに抱くか教えてあげましょうか？」

「――っ……」

アンジェリクがザックに抱かれたことがあるのは当然だ。彼女は彼の正妃なのだから。だが本人にそれを突きつけられると、さすがに胸が苦しい。湧き起こる嫉妬の刃に切り付けられ、じくじくと苛む痛みを堪えて、ピオニーは俯いた。

（……そんなこと、聞きたいわけないじゃない！）

だがアンジェリクは許してくれない。ピオニーの苦しげな表情を見て、嬉々として言葉を続けた。

「陛下はね、とても情熱的よ。怒ったり、泣いたり、笑ったり、喚き散らしたり……本当に目まぐるしいくらいに、いろんな感情を爆発させるの。昨日も、小さな子どもみたいにおいおい涙を流すから、わたくしおかしくて笑い転げてしまったわ」

その時のことを思い出したのか、ケタケタと笑いながら話すアンジェリクに、ピオニーは困惑してしまう。その状況で笑い転げたというアンジェリクの精神構造もさることながら、ザックがとったという行動が奇怪すぎた。

（……閨事の、お話よね……？）

まったくそんなことをするとは思えないのだが、本当だろうか。

ザックはベッドで情熱的ではあるけれど、泣いたり笑ったり、ましてや喚き散らしたりしたことは一度もない。そもそも感情の起伏があまりない人だ。そんな感情豊かなザックを想像するのは難しかった。

アンジェリクの言うザックは、ピオニーの知るザックとはまるで違う。

「あとね、どうしても首も絞めたがるから、陛下の手足を縛らせてもらうのよ。絶対に外せないように、縄をうんときつく結んでね。痛みと欲望を堪えるその苦しそうなお顔が、わたくしはとっても好きなのよ。……ねえ、あなたを抱く陛下は、どんなお顔をしているの？」

話を振られて、ピオニーは狼狽した。

「あの……私には、なんとも……」

「まあ、お前、お顔を見ていないの？」

「い、いえ、あの、……申し訳ございません。無礼を承知でお伺いしますが……それは本当に、陛下のお話ですか……？」

どう答えるのが正解なのかまったく見当がつかず、仕方なくピオニーは疑問を口にする。

ザックが首を絞めたがったことはないし、だから手足を縛る必要もない。そもそも手足を縛って、どうやって行為をするのだろうか。

（誰か、知らない人の話を聞いているみたい……）

訝しげにするピオニーに、アンジェリクはまたコロコロと笑う。とても機嫌が良さそうだ。

「もちろん陛下よ。本物の、陛下。ねえ、この意味が分かる？」

まったく分からない。

分からないが、自分の知らない事実があるということだけは分かった。

（……何が起きているの……？）

あるいは、起きていたのか、だ。

背中に冷たい汗が伝う。眩暈がしそうだ。

今まで自分が立っていた地面が、本当は薄い氷の上だったと言われたような気分だった。

＊　＊　＊

正妃のお茶会を辞した後、ピオニーはすぐさま手紙を書いた。

リコリスに宛ててだ。正妃の言っていたことが本当なのか確かめたかった。

もちろん、ザックが修道女見習いを手籠めにして殺しているかもしれない、などと書くわけにはいかなかったので、世間話を装った手紙だ。

彼女が直接何かを知っているとは思わない。だが、正妃の言うことが本当なら、準志願者の道を選んだ卒業生の中にも、ザックに殺された者がいたかもしれない。

準志願者になると、修行のために数年間俗世と切り離された生活を送らなくてはならないため、その間に誰かが行方不明になっていたとしても、世間にその情報は伝わらない。

(でも、生活を共にする見習い達は、同朋がいなくなれば気づいているはずだわ)

修道院の中でもみ消されている可能性は十分にあるが、もみ消したところで人の記憶には残っているはずだ。『修道女見習いの誰それが病死したらしい』などの情報でもいい。違和感のあるものがあったら、それを糸口に何か摑めるかもしれない。

顔が広く社交的なリコリスなら、そういった噂のようなものを知っているのではないか、と考えたのだ。

(……返事が来るのは、早くても三、四日後になるわね)

ペンを置き、息を吐いた。

（……私は、どうしたいのかしら……）

アンジェリクの言っていたことを信じたわけではない。それなのに、何故修道院を探ろうとしているのか。ザックを信じているのなら、探る必要はないはずだ。

（……どうして私は、ザックがやっていないと、信じ切れないのだろう）

考えすぎているせいか、頭の芯が痺れるように痛む。

何かが起こっている。そして見えているものに違和感が拭えない。

（……違和感……。何に対して、私は違うと感じているの……？）

まず、ザックが行ったという残虐行為。

修道女を目指す、若くて無垢な女性を手籠めにするだけでなく、行為の最中に首を絞めて殺す――。何度考えても悪魔の所業としか思えない。

（……狂っている……）

おぞましさにブルリと身体が震えた。狂気じみた行為は、だからこそザックとは結び付かない。

（――そう、違和感は、ここだわ）

正妃の語るザックが、ピオニーの知るザックとあまりにも違うのだ。

人は相対する人間によって態度を変化させるものだと言われればそれまでだが、それにしてもその隔たりが大きすぎる。

（正妃様との行為でも我慢できないほどの殺人衝動を、私との行為でだけは我慢できていた……？）

確かにザックは、幼い頃から絆を結んだ自分のことを特別視してくれているところはあると思う。だが、それで抑えられるようなものなのだろうか。

そもそもこれまで行為中に、彼が殺人衝動を堪える、といった様子を見せたことはなかったはずだ。

（……でも……）

延々とザックの残忍性を否定する中で、また別の違和感が湧き起こるのを感じて、ピオニーは奥歯を噛んだ。それは嫌な感覚を伴っている。

頭に浮かぶのは、黄色い百合——修道院の百合園での記憶だ。

『賢しらな。だがそこがいい。可愛がり甲斐があるというものだ』

傲慢な台詞と共に、弱いものを嬲り殺す捕食者のような眼差しが、脳裏に蘇った。言われた時の嫌悪感もまざまざと再現されて、ピオニーは思わず両腕で自分の身体を抱き締める。王宮に来てから、幾度か思い出したその記憶に、ぶるっと悪寒が走った。

（あれも……確かに、ザックが言い放ったものだわ）

そしてあの時の彼ならば、正妃の言う人物と印象が重なってしまうのだ。

ドッと冷や汗が湧き出て、くらりと眩暈がした。

（……ザックには、私の知らない残忍な一面があるということ……？）

考えてみれば、二回目に会った時に、彼からザックなのだと打ち明けられた。その時点でピオニーの中で国王陛下の像は、思い出の中のザックと完全に同化してしまったと言っていい。

（――つまり、私は、『彼は思い出の中のザックである』という色眼鏡をかけて、彼を見ていたということだわ）

自分が思い出の中のザックを求める気持ちが、彼の残虐性を見逃してしまっていたのではないだろうか。

思考の海に沈んでいると、「レディ・ピオニー」という呼びかけが聞こえて、ビクッと肩を揺らした。ハッと視線を上げると、傍付きの女官が心配げにこちらを見ている。

「驚かせて申し訳ございません。何度かお声がけしたのですが……」

「あっ……ごめんなさい、私が少しぼうっとしていただけだから！　な、何かしら？」

ピオニーは慌てて微笑んだ。考えていたことがことだけに、不自然に狼狽えてしまい、それを隠すために妙に明るい声になってしまう。

だが女官は気にならなかったようで、ニコニコとしながら告げた。

「もうすぐ陛下がこちらにいらっしゃるそうですわ！　きっとレディが正妃様のところに呼び出されたことをお知りになって、心配なさったのでしょうね！」

「……！」

ザックがここへ来ると聞かされ、心臓がギクリと軋む。

そんな自分にギョッとしてしまった。

（……私、ザックを……愛する人を、そんなふうに思うなんて……！）

彼を愛しているはずなのに、彼を疑ってもいる自分に嫌気がさす。彼を信じているならば、彼の訪問を喜びこそすれ、恐怖を覚えるなんてことはあり得ないのに。

だが彼を信じなくては、と思えば思うほど、正妃に言われた数々の台詞が、そして百合園で嘲笑を浮かべるザックの顔が蘇ってくる。

ピオニーは両手をグッと握り、葛藤を押し込めようと努めた。

（こんなことを考えていてはいけない……！　私は、ザックの傍にいると覚悟を決めたはずでしょう！）

自分を叱咤する一方で、もう一人の自分が囁きかける。

『――そうやって、見たくないものに蓋をして生きていくの？　もしもザックが大罪を犯すような人だったら……？　それでも、心から愛せるというの？』

（……でも……、ザックは……）

ピオニーの天使。孤独と寂しさに押し潰されそうになっていたピオニーを救ってくれた、唯一の温もりだった。両親を喪って、あの森の中で空気のように漂うだけだったピオニーの、縁となってくれた人。それを——。

考えれば考えるほど、思考は堂々巡りを繰り返すばかりだ。答えの出ない問いにため息をついた時、女官がそっと冷たいレモネードを差し出してくれた。

「少しお顔の色が優れないようですわ。お手紙もよろしいですが、あまり根を詰めすぎてはお身体に障ります。ご休憩なさっては？」

どうやらピオニーが手紙を書いて疲れてしまったと思ったらしい。

ピオニーは苦く笑って首を横に振る。

「ああ、そうではないの。手紙はもう書き終えてしまったし……」

「まあ、本当。もう封蝋もお済みだったのですね。でしたら、そちらをお出ししておきましょうか？」

「……ありがとう。ではお願いね」

リコリスへの手紙を手渡すと、女官は「それでは小姓に渡してまいりますね」と部屋を出て行った。それを見送りながら、リコリスは椅子から立ち上がる。

鬱々とする気持ちを払拭したくて、窓へ近づき外を見遣った。

東に位置するこの部屋からは、椿の木で造られた迷路園が見える。夕闇の中では椿の木も黒々と見えるだけだが、整然と四角く刈り揃えられた木々は、建設物のようだ。

（美しいけれど……植物ではないみたい……）

木々と言われてピオニーが心に想い描くのは、やはりザックと過ごしたあの森だ。むせ返るほどの緑の匂いに満ちた、生命力の源のような、思い出の森が恋しかった。

「……戻りたい……」

ピオニーとザカライア・ミリアンヌ、その二人だけで成り立っていた、奇跡のようなあの小さな世界に戻りたい。

何も持っていなくて、食べ物すら足りなくて、いつもひもじい思いをしていたけれど、ザックがいれば幸せだった。寄り添い合って、抱き締め合う、それだけでよかった。

余計なことなど何も考えず、ただ寄り添っていたいだけなのに。

「ピオニー」

どのくらい窓の外を見ていたのか。艶やかな低い声で名前を呼ばれて振り向けば、開かれた扉の傍には、ザックの姿があった。

ピオニーは黙ったまま、彼を見つめる。

精悍な輪郭に、左右対称の美しい造作。背に流された髪は月光色に輝いていて、宵闇色の瞳と相まって、神秘的な雰囲気を醸し出している。

表情は人形のように静かなままだけれど、その瞳の中には心配そうな色が揺らめいていた。

(……ザックだ。私の知る、ザカライア・ミリアンヌ)

今の彼には、正妃が語っていたような狂気の色はどこにもない。

「正妃に呼び出されたと聞いた」

言いながら、ザックは大股で近づいてきて、腕を開いてその中にピオニーを囲い込んだ。後頭部と背中に大きな手を宛てがい、一度ぎゅっと抱き締めた後、その顎を持って上向かせると、ピオニーの顔を覗き込む。

「大丈夫か」

ザックの声色には、こちらを気遣う色しかない。藍色の中に茶や金色の混じる菫青石(アイオライト)のような瞳を見つめ返して、ピオニーはコクリと頷いた。

だがザックは眉間に皺を寄せる。

「……何があった？」

頷いたのにまた問われるから、ピオニーは少し笑った。小首を傾げてみせてから、やんわりと顎を摘まむ彼の手から逃れる。

「どうして？　大丈夫と言ったでしょう」

「大丈夫な顔をしていない」

ザックの反論は素早かった。

そんなに分かりやすい顔をしてしまっているのだろうか、とピオニーは更に困って目を伏せる。これ以上彼の目を見ていたら、心の全てを見透かされてしまう気がした。

だが仕方ないのかもしれない。ピオニーとて、ザックの表情を見れば嘘をついているかどうかくらい見破れる自信がある。

それだけお互いのことを分かり合っているのだ。

(——それなのに……)

どうして自分の知らない彼が存在するのだろう。今ここにいる彼ならば、こんなにも手に取るように分かるのに。

ピオニーは伏せた目を開いて、もう一度ザックの顔を見る。自分を心配そうに見る彼の眼差しに、ただ嬉しいと思えない自分が、悲しかった。

「……あなたは、大丈夫？」

なんと言えばいいか逡巡(しゅんじゅん)した後、ピオニーは同じ質問を彼に返す。

ザックがわずかに目を見開いた。

「私？」

何故そんな質問をされるのかが分からないのか、ザックが顎を引いて首を傾げる。ピオニーは彼を見つめたまま静かに首肯した。

「そう。あなたは、私がそばにいることで、問題はないの？　何か……不安や、不満や、困難なこと……そういう、私では満たせないものが、あるのではないの？」

ピオニーは懸命に言い募る。

もし正妃の言うことが真実ならば、ザックはピオニーに見せない一面があるということになる。彼がピオニーを愛していて、大切にしてくれていることは分かっている。だからこそ、ピオニーには自分の残虐性を見せたくないのではないだろうか。

（もし、私に見せてくれるのならば……）

彼の残虐性に、向き合おう。それがどういう結果になるとしても、それがザック――彼女のザカライア・ミリアンヌだというならば、受け入れる。受け入れて、その先を一緒に模索したいと思った。

容易なことではないことくらい分かっている。

人を殺したい衝動を抱くような人間だ。その衝動を抑えられるのならば、ザックはきっととっくにやっているはず。抑制を上回るほど強烈な欲望なのだから、彼は殺すのだろう。もし探しても方法がなくて、誰かを殺さずにはいられないというなら、その時は――。

（私が、あなたを……）

彼の欲望のままに自分が殺されるのでもいいと思ったけれど、それではピオニーが死んだ後、ザックが絶望してしまうのが目に見えている。その後彼が死を選べばまだ救いがあるが、生き残ることを選んでしまえば、地獄だ。自分がピオニーを殺したことに対する罪と、自分に課す罰と、そして抑えきれない衝動から殺人を繰り返す彼を想像できる。それだけは選んではいけない道だ。

（そのくらいなら、絶望は、私が引き受けよう）

自分なら、彼を殺した絶望を抱えて、きっと後を追うのだろう。きっと苦しく、怖いことだろうけれど、ザックに味わわせるくらいなら、自分が引き受ける方がよほどいい。

静かな諦観と共に得た覚悟に、ピオニーは安堵した。

良かった。最悪の場合にも、自分はザックと共にいる道を選べる。

彼から離れるという選択肢が思い浮かばなかったかと言われたら嘘になる。

でも、もう一度彼から離れてしまったら、きっと自分は絶望するのだ。彼のいない人生など、生きていないも同然だから。同じ絶望ならば、彼と共にある絶望を選ぶ。

（だから、私は大丈夫だわ）

「教えて、ザック。あなたは何を抱えているの……？」

ピオニーの問いに、ザックは不可解そうな表情のまま眉根を寄せる。

「正妃に何を言われた？　正妃の言葉は全て嘘だと思え。あの女は人を惑わすために平気で嘘をつける人間なのだ」

ピオニーは困って曖昧に笑った。確かに正妃から言われたことで、今の境地に至っている。でもそれは過程でしかない。修道院で再会した日のザックを思い出すと、どうしても拭いきれない違和感がある。それを見て見ぬふりをしてきただけの話で、正妃の話がなくても、遅かれ早かれ起こっていた問題に違いないのだから。

「正妃様は関係ないわ」

「そんなはずがないだろう。君は今どんな顔をしているか分かっているのか」

ザックが幾分声を荒らげた。睨めつけてくる菫青石の瞳に、ピオニーは微笑んで問う。

「……私はどんな顔をしているの？」

「……幸福ではない顔だ」

苦虫を噛み潰したような表情で言って、ザックはおもむろに両手でピオニーの頬を包み込んできた。大きな手の温もりに、ピオニーはうっとりと目を閉じる。その感触を味わっていたくてじっとしていると、しばらくしてザックが呟く。

「……覚えているか？　こうして手に頬ずりをすると、相手に幸福が移るのだと、君が言っていた」

懐かしい思い出に、ピオニーはパッと瞼を開いた。

「もちろんよ。私、今みたいにあなたの手に頬ずりをして、お母さまがやってくれたのよって、あなたに教えたわ」

幸福だった昔の話をするのは大好きだ。勢い込んで言ったピオニーに、ザックは微笑みを浮かべて頷く。

「あの時は、君の幸福を分けてもらった。だから今は、私の幸福を君に分けよう」

思いがけないことを言われて、ピオニーは目を瞬いた。

「あなたの、幸福……？」

「そうだ。知らなかったか？　私は今、とても幸福なのだ。これまで生きてきた中で、一番幸せだと言っていい。君がそばにいてくれるから」

そう語るザックは穏やかだった。澄んだ湖の水面のように満ち足りた声に、ピオニーは彼が嘘を言っていないと分かる。

これほど満ち足りた人間が、誰かを殺したいと渇望するのだろうか。

「私はこれ以上ないというほど満足している。私は君さえいればいい。王座も、城も、金も、権力も、もちろん正妃も、どれも私にとってはどうでもいいものだ。それらを自分から欲しいと思ったことは一度もない。私は最初から何も要らなかった――君以外は。君しか要らない。これまでも、この先も。もし君を喪うことがあれば、私は狂うと断言できるよ」

熱烈な愛の言葉に、ピオニーは言葉を失ってしまった。照れ臭かったからではない。彼の想いが、ほとんど自分と同じだったからだ。

「だから、私は今、至福の境地に至っている。だから幸福そうではない君に、私の幸福を分けても、まだまだ尽きることはなさそうだから安心しろ」

安心させるように言って、ザックはピオニーの額に自分の額をコツリと合わせる。それも思い出と同じ仕草だ。懐かしさに涙を誘われて、ピオニーはもう一度目を閉じた。

「ザック……愛しているわ」

囁いたピオニーに、ザックが「知っている」と笑いを含んだ声で返す。

「私も愛している、ピオニー」

穏やかで真摯な愛の言葉に、ピオニーの目尻から涙が零れ落ちた。

(――ねえ、ザック。私、その言葉を、信じているの)

信じている。目の前のザックを。彼の言葉に嘘はないと、確信できる。

(それなのに、どうして私の不安はなくならないの……?)

ザックを信じているのに、正妃の言葉が、百合園での記憶が、ピオニーの頭の片隅にちらついて離れない。

ピオニーは零れ続ける涙を隠すように、彼の胸に顔を押しつけた。

第六章

リコリスからの返事が来たのは、それから数日後のことだった。

季節の挨拶から始まって、彼女の近況を楽しげに綴った後に、ピオニーの知りたかった内容が記されていた。

『修道女見習いが、毎年数名、修行で命を落とすことは有名よ。修道女になる修行の中には、二週間飲まず食わずで崖の上の祈禱場へ籠もるっていう過酷なものがあるから、それで衰弱死してしまうんだろうって話だったわ。私たちの二学年上の先輩で、デミアという先輩がいたのを覚えている？　彼女も修行の途中で亡くなったと聞いたわ』

そう書かれた後で、「あなたが修道女見習いにならなくて、私がどれだけホッとしたか、きっと知らないんでしょうね！」と付け足されている。

ピオニーはその手紙を封筒の中に戻して、両手を組んで瞑想した。

（……つまり、修道院が修道女見習いの若い女性を王に差し出している可能性は、否定できなくなったということね……）

どうするべきだろうか。

ピオニーは逡巡していた。このまま何もせず、真実を確かめずにザックのそばにいるのか。あるいは、真実を確かめた上で、彼のそばにいるのか。

どちらもザックのそばにいることに変わりはないが——。

(でももしこの疑惑が本当なら、私はザックが罪を重ね続けることを望まない)

それならば、とるべき行動は一つだ。

ピオニーはチェストの引き出しに手紙をしまい込むと、女官に訊ねる。

「ねえ、私は王宮の外へ出ることは可能なのかしら?」

思えばここへ連れて来られて以来、外へ出たことがなかった。だが愛妾が外出してはならないという決まりはないはずだ。

予想通り、女官からは「もちろん大丈夫でございますよ」と返される。

「どこか行きたい場所がおありですか?」

ピオニーはホッとしながら、無難な理由を考えて口にした。

「良かったわ。私、お世話になった修道院へまだお礼もできていないのが心苦しくて。一度お伺いして、お礼の品なんかを寄付したいと思っているの」

「まあ、それは素晴らしいことですわね」

身の回りの世話をしてくれている女官たちは、感動したように言ってピオニーを褒めそやす。それに苦く微笑みながら、ピオニーは続けた。

「気分転換にもなるし、今から行きたいのだけど……用意してくださる？」

普段滅多にお願いをしない主の頼みごとに、女官たちが嬉しそうに頷いて、準備を始める。

あれこれと忙しく動きだす彼女たちを見ながら、ピオニーは頭の中で考えを巡らせていた。

正妃の言っていたことが本当だとして、どうやって情報を得るべきか。事実ならば、修道院長も知っているはずだ。けれどあの一筋縄ではいかない老女が、正攻法で訊ねたところで、はいそうですかと悪事を告白するはずがない。

（誰かを味方に引き入れるしかないわね……）

シスターたちの顔を思い浮かべながら、ピオニーは修道院へと向かった。

＊＊＊

唐突な訪問だったというのに、馬車から降りたピオニーは、待ち構えていたかのように大勢のシスターたちに迎え入れられた。

「まあまあ、レディ・ピオニー！　ようこそお越しくださいました！」

満面の笑みで腕を広げたのは、修道院長だ。厳格なこの人に、こんな笑みを向けられたことがなかったピオニーは、驚きながらもそれに応える。

「お久しぶりですわ、修道院長様」

「立派になられたのね、ピオニー！　これも陛下のご寵愛の賜物！　あなたは私たちの誇りですよ！」

俗っぽい誉め言葉に、頬が引き攣りそうになった。

(神の花嫁である修道女が、王の寵愛を得た愛妾を誇りに思うですって？)

修道女は、神に全てを捧げることを至高としているのではないのか。

正妃の話を聞いた後であるせいか、一言一言に妙に引っかかりを覚えてしまう。

修道院長は抱擁を解くと、らんらんとした目でピオニーの背後を見遣る。

「まあ！　あれは!?」

「ああ、気持ちですけれど、何かの足しになればと……」

少しでも口が緩くなれば、と思い、布や食料といった生活必需品を積んできていた。

「まあぁ！　感謝します、ピオニー！　とても助かります！」

修道院長の声を皮切りに、集まっていたシスターたちが大袈裟に喜んでみせる。

まるで茶番劇のようだ。寄付の品に目の色を変える修道女たちを白けた目で眺めていると、修道院長が振り返ってピオニーの手を取った。

「さあさあ、早く中へ参りましょう！　陛下がお待ちですよ！」

「え!?」

ピオニーは仰天して大きな声を出してしまう。

「陛下がお待ち……!?　あ、あの、どういうことですか!?」

驚くピオニーに修道院長は「あらまあ」とニコニコと笑う。

「きっとあなたを驚かせたかったのね。あなたより少し前にいらして、『今から私の寵姫がここにくる。秘密の逢瀬だ』とおっしゃって、ずっと待っていらっしゃるのですよ」

「な……」

なんてことかしら、とピオニーは内心頭を抱えた。ザックが本当に悪行をしているかを調べるためにここに来たのに、本人が現れては何もできない。

どうして自分がここに来ると分かったのだろうかと考えたが、すぐに当たり前だとため息をつく。愛妾であるピオニーの外出は、おそらく準備をしている段階でザックにも伝えられたのだろう。

仕方なしに修道院長について行くと、連れて行かれたのは応接室だった。

「では、私はこれで」

驚いたことに、修道院長は扉の前まで来ると踵を返して去ってしまった。

王とその寵姫だから、二人きりになれるように気を遣ったということなのだろうか。

（……今、ザックと二人になるのはあまり気が進まないのだけれど……）

とはいえ、彼が自分のところに今夜も来るのは間違いないのだから、遅いか早いかの話だ。

ため息をついてドアを開くと、そこには、客用のソファにゆったりと腰かけた美貌の男性の姿があった。

「おや。遅かったじゃないか、ピオニー。待ちくたびれたぞ」

「――」

ピオニーは眉根を寄せる。ハッキリとした違和感があった。

こちらを見て微笑む人は、確かにザックの顔だ。陶器人形のように整った美貌、真夏の陽光のような白金の髪、夜色の瞳――なのに、どうしてかザックに見えないのだ。

息を詰めて彼を凝視するピオニーに、ザックが笑いながら立ち上がり、ゆっくりと近づいて来る。

「どうしたんだ、ピオニー？　そんなに驚いた顔をして」

一歩近づかれる度に、ゾワゾワという不快感が腹の底から込み上げた。あまりの気持ち悪さに、ピオニーは後退りして首を横に振る。

「ピオニー？」

「あなたは誰」

口をついて出た自分の問いに、ピオニーはストンと合点がいった。

（……この人はザックではない……！）

驚くほどザックに似ているが、目の前のこの男はザックではない。

ザックでないから、こんなにも違和感を――嫌悪感を抱くのだ。

まるで欠けていたパズルのピースが見つかった気分だった。

分かってしまえば当然のことも、一つの事実が見えていなかったから、不可解な事象に思えてしまっていたということだ。

ピオニーの発言に、ザックにそっくりの男は困ったように肩を竦める。

「アーネストだよ。この国の王で、君はその愛妾だろう？」

その答えに、ピオニーはやはり、と確信する。ザックならば、そこは「ザカライア・ミリアンヌ」と答えるはずなのだから。

「あなたはザックじゃない」

念のためにそう言って睨みつけると、ザックによく似た男――アーネストはポカンとした顔をした後、フンと鼻を鳴らした。

「ザック？　誰だそれは。私はアーネスト・ジョージ・エドワード。この国の王だ」

顎を反らした尊大な物言いが、ピオニーの記憶の琴線に触れる。この女学院の百合園での記憶だ。とても傲慢な言動や蛇のように粘ついた視線が、ひどく不快だったのを覚えている。自分の知っているザックと違いすぎて、どうしても重ねることができなかった。

あの時会ったのがザックでなく、このアーネストだったとすれば――？

（全部、腑に落ちる……！）

ピオニーの頭が目まぐるしく回転して、これまでの情報を整理していく。

つまり、国王アーネスト一世と呼ばれている人物は、二人存在するということだ。

一人は、ザック。そしてもう一人は、目の前にいるアーネストだ。

幼い頃にピオニーと森で会っていた方がザック。

この修道院で再会した時の人は、おそらくアーネストの方だろう。

そして、ピオニーを馬車で迎えに来た時からは、ザックになっていた。それ以降、王宮でピオニーと接していたのはザックだけだ。

（ザックは政敵から身を守るために、マーシャル領で暮らしていたと言っていた……。その間、王都には身代わりがいたとも……。では、この男性が、その身代わりの王ということ……？）

どちらが本物の王なのか、という疑問がチラリと脳裏を掠めたが、ピオニーにとってそれは重要ではない。ピオニーにとって大切なのは、自分のザックはどちらだったのか、ということだ。

（きっと、正妃様がおっしゃっていたのは、このアーネストの方だわ）

何人もの若い修道女見習いを手籠めにして、首を絞めて殺した——それが本当だとしても、目の前のこの男ならやりかねないと思う。人を人とも思わない言動や、ゾッとするような粘ついた視線は、確かに狂気の片鱗が垣間見えた。

「……あなたは、この女学院で、最初に私に会った人ですね？」

アーネストと慎重に距離を保ちながら、ピオニーは訊ねる。するとアーネストはニヤリと口角を吊り上げて頷いた。

「よく分かったな。まったく、冷たいじゃないか、ピオニー。お前をここで最初に見初め、愛妾にしようと決めたのは私だったのに。簡単に偽者に脚を開くとは、なんて恩知らずな尻軽だろう」

恩知らずとはよく言ったものだ、と内心呆れたが、今それを口にしてはいけないことくらいは分かる。目の前の男は、女性を縊(くび)り殺したい衝動を抱える狂人かもしれないのだ。初対面の時のように、無謀な軽口は決して言うべきではない。

黙ったまま様子を窺っていると、アーネストはまたフンと鼻を鳴らして話を続ける。

「お前が王だと思っていたのは、私の身代わりの偽者さ。私の遊びのせいで、少々厄介な事態が起きてね。今はアレが王の顔をしてのさばっているが、すぐに私に戻される」

ということは、この男が本当の王で、ザックが偽者だということか。真偽は定かではないが、真っ先にそれを主張してかかるところからして、アーネストにはそれは重要なことなのだろう。

だがピオニーにとっては、他にもっと知りたいことがある。

「あなたの遊びとは、ここの修道女見習いを殺しているということですか？」

質問をしながら、腹の底からふつふつとした怒りが込み上げてきた。修道女見習いたちは、ピオニーの同朋だった。幼い頃からずっとこの女学院に寄宿していたピオニーにとっては、彼女たちは姉妹のようなものだ。虐めてくる者もいたけれど、優しくしてくれる者もいた。同じ学院で学び、同じ物を食べ、同じことを学び、同じ理不尽に耐えた仲間だった。性格が良いとは言えなくても、皆、おおむね善良な娘たちだったのだ。

（罪もないのに、虫けらのように悪戯に羽を毟られ、殺されていいはずがない……！）

ピオニーの怒りの籠もった質問を、アーネストがせせら笑った。

「ああ、アンジェリクに聞いたか？　まあだからこそ、ここにやって来たのだろうが。その通り。身寄りのない卑しい女が、私の夜伽の相手を務めることができたのだ。それこそ、天にも昇る栄誉だろう」

アーネストがクックッと愉快そうに喉を鳴らす。下卑た笑みだった。

殺した娘たちへの罪悪感など欠片もない。己の肉欲にのみ忠実で、他の者を踏みつけにする悪魔のような男だ。

ザックとそっくりな美しい造作で、こんなに醜悪な顔がどうしてできるのか。

冷静にならなくては、と理性が言うのに、怒りがどんどんと膨れ上がっていく。腸が煮えくりかえりそうになりながら、ピオニーは震える喉に力を込めて叫んだ。

「ふざけないで！　彼女たちが神の道を目指してどれほど努力してきたと思っているの!?　それを踏みにじった上、命を奪うなんて！　こんな……こんな大罪、絶対に許されない！　あなたなど、王ではない！　王とは民を守るべき人でしょう！　その民を食い物にする王など、暗君でしかないわ！」

怒りで涙まで浮かんでくる。視界が滲むのを瞬きで防いでいると、アーネストがつかつかと歩み寄ってきて、ピオニーの頬を平手で打った。

熱い、というのが最初の感覚だった。容赦のない一撃に、ピオニーの目の前に白い火花が飛んで、気がついた時にはドッと応接室の床の上に倒れ込んでいた。

上体を起こそうと腕を突っ張るが、その腕がガクガクと震えていて上手くできない。振るわれた暴力を前に、自分の心と身体が竦み切っているのが分かった。

幸運な生い立ちではなかった自覚はあったが、それでも暴力に晒されたのは生まれて初めてだった。それは幸運なことだったのだと、ピオニーは今初めて実感する。圧倒的な力の差を前にすると、人はこれほど簡単に心が折れてしまうものなのだ。

コツ、コツ、と音を立ててアーネストの靴が近づいて来る。

声にならない悲鳴が喉に絡み、ピオニーはもつれる手足を必死で動かし、背後へと下がった。少しでもアーネストと距離を取りたいのに、動く速さの違いは歴然としている。

「アウッ……！」

ドス、と太腿の上にアーネストの右足がのった。そのまま体重をかけられてグリグリと踏みつけにされて、痛みに身体が熱くなる。

「痴れ者が。誰に向かって口をきいている。何が神の道だ。王の愛妾になれると知って、自ら裸になるような女ばかりだったぞ。お前とて同じだろう。神の道へ進むのだと偉そうに言っておいて、愛妾になった途端、悦んで私に脚を開いたではないか」

見当違いの侮蔑に、ピオニーはガチガチと歯を鳴らしながらも首を横に振った。怖くて腰が抜けているくらいなのに、怒りだけは鮮烈に燃え続けていて、ピオニーの頭を熱く痺れさせる。

「……わ、たしが、抱かれたのは、あなたじゃない。ザックよ」

震える声で否定すると、アーネストがまたニヤリといやらしい笑みを作った。

「どうしてそう言い切れる？　実に業腹ではあるが、我々は同じ顔だ。お前の閨を訪れるのが、奴だけだったとでも？」

まるで時折入れ替わっていたのだと示唆するようなアーネストの発言を、ピオニーは微笑みを浮かべて一蹴する。

「ザックとあなたはまったく違う。一緒にしないで、この偽者……！」

その瞬間、左肩を蹴り上げられて、勢いよく背後に倒れ込んだ。床に後頭部を叩きつけられ、衝撃に脳が揺れた後、重い鈍痛に襲われる。込み上げる吐き気を堪えながら目を開けると、蹴り上げられた肩の上に、ブーツの硬い踵が下ろされた。

「うぐっ……！」

痛みに呻き声を上げると、アーネストの冷えた声が降ってくる。

「生意気な女だ。もう少し可愛げがあれば、子を産んだ後も生かして愛妾に据えてやっても良かったものを……」

子を産む、という言葉に不穏なものを感じて、ピオニーは歯を食いしばって痛みを堪える。

「子を、産む……？」

鸚鵡返しをすると、アーネストはスッと目を眇めてこちらを眺め下ろした。その視線が自分の全身をゆっくりと這い回るのを感じて、ピオニーの肌が総毛立つ。

「そう。お前は私の子を産むのだ」

とんでもないことを口にされて、ピオニーはザッと蒼褪めた。そんな彼女を見下ろして、アーネストが愉快そうにクスクスと笑いだす。

「王太后が始めたゲームだよ。私とあの偽者のうち、より早く妻を孕ませた方が王となる。私はアンジェリクと、偽者はお前とだ。だがよく考えたら、どうして私があの婆の言いなりになってゲームをしなくてはならない？　私は王だ。私はやりたいようにやる。アンジェリクもお前も、どちらもアーネスト一世の正妃と愛妾――私のものだ。あの偽者にくれてやる義理はない」

言いながら、アーネストは笑いを収めて、どこか空の一点を睨み据えた。

「……私は王だ。誰に認められなくとも、王なのだ……！」

誰に向かって言っているのか、アーネストはブツブツと呟き始める。

「努力しなさい、高邁でありなさい、慈悲深くありなさい……命令、命令、命令……。王は私なのに、何故命令されなければならない？　何故、あなたに認められなくてはならない？　何故、あなたは私を認めない？　私はあなたの人形でも駒でもない……！」

彼が呟いている内容を、ピオニーは理解できない。だが、彼の言う『あなた』がピオニーを指しているのではないことだけは確かだ。

（……な、なんだか不気味だわ……、でも……！）

一人ブツブツと喋り続ける様子は異様だったが、自分から気が逸れている今が好機なのではないだろうか。ゴクリと唾を呑み、逃げ出そうと身じろぎした途端、宙を見ていたアーネストの眼差しがピオニーに据えられた。

「言うことを聞かない雌犬は、しっかり躾けてやらなければな」

抑揚のない声で言って、アーネストがピオニーの腰の上に馬乗りになる。

両手で首を摑まれ、体重をかけて締め上げられた。

「――グゥッ！」

息の通り道を圧迫され、ピオニーはカエルのようにひしゃげた声を上げて身悶えする。

手足をやみくもに振り回しているのに、アーネストにはまったく当たっていないようで、首を絞める手の力は緩むことがない。

（ああ……嘘……！　いや、いやだ……！）

力で捻じ伏せられる恐怖とおぞましい予感に、身体の芯が震えた。

暴力とは、これほどまでに気力をへし折られてしまうものなのか。

アーネストのこの暴力に晒され、死んでいった同朋を想った。こんなふうに、彼女たちも脅かされ、支配され、殺されてしまったのだ。

目の前が白く霞み、視野が狭窄し始める。

（――ザック……！）

最後に愛しい男を思い浮かべ、ピオニーの意識は闇に沈んだ。

＊　＊　＊

書類を捲っていた手を止めて、ザックは目の前の男を見た。

わずかに息を切らしたレイナルドは、切羽詰まった表情でこちらを見ている。緊急の報告があると、王の執務室に飛び込んできたのだ。

「何があった」

手を払って周囲の政務官たちを下がらせながら訊ねると、レイナルドはゴクリと唾を呑んでから言った。

「今日の午前中に、レディ・ピオニーが例の修道院へ行かれたようです」

「なんだと？」

不測の事態に、ザックは盛大に顔を顰める。ピオニーの動きは女官を通してこちらに伝えられるはずだ。サッと時計へ目をやれば、もう午後になって二時間経過していた。

「何故報告がこれほど遅れている？　女官は何をしていたのだ」

「それが、女官に確認すると、陛下への報告は済んでいると……執務室へ行く途中、陛下と偶然出会ったため、そこで報告をしたと言っているのです」

そこまで聞いた段階で、ザックは椅子から立ち上がった。あまりに勢いが良すぎて、椅子が倒れて大きな音を立てたが、構ってなどいられない。

(奴め、仮面を付けずにこの王宮を闊歩(かっぽ)していたのか！)

「まさかそこまでばかだとは！」

同じ場所で仮面を外していれば、王が二人存在すると周囲にばれてしまう。そんなことになれば、政治をはじめ国中が混乱し、自分たちの存在も危うくなるのが分からないのだろうか。

それだけではない。ピオニーの情報が自分に伝わらないようにしたのは、単なる嫌がらせではない。十中八九、足止めするのが目的だろう。

（なんのために？　何を企んでいる？）

「あちらに送り込んだ者たちはどうなっている!?」

ザックが王太后への不満を煽ったことで、あの男は今の状況に我慢がならなくなっているはずだ。そろそろ何か行動を起こすだろうと踏んでいたから、監視をつけていた。にもかかわらず、なんの報告も来ていないのは何故なのか。

ザックが問うと、レイナルドが言いにくそうに報告する。

「付けていた監視は、二人とも行方が分からなくなっています」

愕然として、腹心の部下の顔をまじまじと眺めた。

「なんだと？」

「今朝、二人と会って報告を受けたので、今朝までの生存は確認できています。それ以降に何か起きたのだと……陛下、どちらへ！」

足早に扉へ向かうザックを、レイナルドが慌てて追いかけてくる。

「離宮へ参る。まずは奴と話を付ける。お前は馬車の用意をしておけ！」

あの男——アーネストに問い質さなければ。さすがに今回は看過できない。監視の存在には気がついているだろうと思っていたが、牽制のつもりでもあったから放っておいたのだ——それを、まさか殺すとは。

だが扉に手をかけたところで、レイナルドが追い縋るように叫んだ。

「お待ちください！　仮面殿は、おそらくもう離宮にはおられません！」

「なんだと？」

ピタリと足を止め、ザックはレイナルドを振り返った。嫌な予感がした。

「どういうことだ」

「レディ・ピオニーの行く先を確かめるために厩舎に確認したのです。レディ・ピオニーから馬車の用意を頼まれた直後、陛下がやって来て馬でどこかへ向かわれたと。その際に、レディ・ピオニーがどこへ向かうつもりなのか、厩務員に訊ねられたそうです」

「くそっ！」

思わず口汚い罵りが飛び出した。だがそれを気にする余裕などもうない。

アーネストは先回りして修道院へ行き、ピオニーを待っているのだろう。王宮と違い、監視の目がない状況で、何をするつもりなのか。

(碌でもないことであるのだけは確かだ！)

アーネストはピオニーに手出しをすることはないだろうと踏んでいた。何故なら、そこになんの理由もないからだ。ピオニーを害することで、アーネストが得することは何一つない。アーネストが害するのは、ザックか王太后でなければ意味がないはずなのだ。

「女学院へ参るぞ！」

叫んで扉を開いたザックは、唐突に目の前に現れた顔にギョッとして動きを止める。

「まあ、女学院へ？　それは素敵ですわね、陛下」

艶やかな微笑みを浮かべて立っていたのは、アーネストの正妃アンジェリクだった。

「アンジェリク……どうしてここに」

ザックは眉間に皺を刻んで、苦く呟いた。

正妃であるアンジェリクは、隣国より嫁いで間もなく、王宮から離宮へと居を移した。姑である王太后との折り合いが悪かったためだ。

王族として品行方正を求める王太后と、自由奔放で、祖国にいた頃と同様に好き勝手に振る舞うアンジェリクとが対立したのだ。この国を動かしているのは、アーネストではなく王太后である。その権力は絶大で、当然ながら王太后の王宮での影響力も、アーネストの比ではない。思い通りにならないことが多すぎて苛立ちが募ったアンジェリクは、王太后の影響力から逃れるために、離宮へと移動したのだ。

以来、アンジェリクが王宮に足を踏み入れることは一度もなかったのに。

（……どういう心境の変化だ？）

訝しく思うと同時に、舌打ちしたい気持ちになった。今はアンジェリクに構っている場合ではないのに。すぐにでもピオニーのもとへ駆け付けたい衝動を堪えて、ザックは無表情の仮面を被った。

「珍しいな、そなたが王宮にいるなど」

ザックの言葉に、アンジェリクは扇を口元に持っていき、大袈裟に驚いてみせる。

「まあ、異なことを。わたくしは陛下の正妃ですもの。王宮にいてもなんら不思議はないでしょう？」

コロコロと鈴を転がすような声で笑う女に、ザックの不快感は募った。

この女は美しい外見とは裏腹に、内面は邪悪だ。傲慢で享楽的、そして非常に残忍で、他人が泣き叫ぶ姿に愉悦を見出す性質を持っている。自分の意に染まぬ使用人たちを嬉々として打擲（ちょうちゃく）する姿を見た時に、ザックは吐き気を催すほどの嫌悪感を抱いたと同時に、非常に危険だとも感じた。

アーネストが持つ残虐性とよく似ていたからだ。この二人を添わせれば、負の相乗効果を起こすのではないかという、漠然とした不安を覚えた。

そしてザックの不安は正しかった。

アーネストは自己中心的で粗暴だが、王太后に対して愛憎が入り混じった複雑な感情を持っており、彼女によく思われたいがために、まだ抑制的だった。

その抑制を、アンジェリクが外してしまったのだ。

アーネストが閨で女を殺すようになったのは、アンジェリクと結婚してからだ。生贄の女たちを、殺しても問題にならない修道女見習いにしてはどうかと提案したのも、アンジェリクだったらしい。

そして同時に、殺された修道女見習いの所属する女学院の名を知ったザックは、アーネストの排除を決めた。それは彼の心の縁である少女がいる場所だったからだ。

だからアンジェリクは、ザックの今後の人生の方向を定めた人物とも言える。

（感謝すべきと言えるのかもしれないが……）

女を目の前にして、とてもではないがそんな気分にはなれないのが正直なところだ。

「そなたがこの王宮にいることを知れば、王太后が良い顔をしないだろう」

ひとまずアンジェリクが王宮にいることを注意しておく。

王太后のゲームは、王宮と離宮とで人がほとんど行き来しないことを前提としたものだ。離宮の中心人物であるアンジェリクが王宮にいることは、ルール違反に他ならない。

こちらはルールを遵守する側、アーネストは違反する側という構図は保っておかねばならないのだ。

ザックの指摘に、アンジェリクはニヤリとひどく粘ついた笑みを浮かべた。

「あらまあ、ご忠告、痛み入ります。ですが、心配ご無用ですわ。その王太后様からお言伝ですの。『疾く、参れ』と」

「――なんだと？」

犬猿の仲とも言えるアンジェリクに、王太后が言伝を頼むとは思えない。

どう考えても怪しい話に、じろりと睨みつけると、不意にアンジェリクが笑顔を引っ込めて鼻を鳴らす。

「わたくしが演技をしてあげている間に言うことを聞いた方がいいわよ、偽者」

その発言に、背後に控えていたレイナルドが一気に緊張を高めたのが分かった。王太后の忠実な僕であるこの男は、元々はザックを監視するために付けられた護衛だ。ザックとアーネストの秘密が、決して漏れないようにするための守り人なのだ。

今にもアンジェリクに襲い掛かりそうなレイナルドを片手で制し、ザックはアンジェリクに向き直る。

「それはどういう意味かな」

冷静にしらを切ってみせながら、頭の中は状況を計算していた。

今の発言から、アンジェリクが『王が二人存在する』という秘密を知っていることは間違いない。アーネストがばらしたのだろう。ならば、王太后の始めたゲームについても把握していると考えた方がいい。

アーネストがゲームのカードであったアンジェリクを引き込んで、己の駒に変えたということだ。

『私とお前では、やっているゲームが違うということさ。王太后の犬は、従順に王太后のゲームをしていればいい』

以前、アーネストが言った台詞を思い出す。あれはこのことを言っていたのか。

（やはりこの女は感謝に値する）

ザックは湧き上がる笑いを腹の底に押し留める。

この女は、起爆剤だ。非常に効率良く、アーネストの自爆を誘導してくれる。アーネストはアンジェリクを自分の駒としたつもりだろうが、それは同時にザックの駒にもなっていたということだ。

ザックの問いに、アンジェリクは可愛らしい仕草で首を傾げた。

「王太后様のところでは、わたくしの仮面も待っているの。皆でお芝居をするのよ。あなたもお好きでしょう？」

「――ほう」

ザックは笑った。役者の揃い踏みといったところか。

何をしでかすつもりなのかと思ったが、ひとまずアーネストが王宮にいることが分かって密かに安堵した。ピオニーのところにはいないようだ。とはいえ、彼女の安否を確かめるまでは安心できない。

そのためには、まずこの女をどうにかしてやり過ごさねばならない。

「それは興味深い。……だが」

「あなたならそう言ってくれると思ったわ！」

ザックの断りの言葉を待たずに、アンジェリクが声を上げる。

言葉を遮られて眉根を寄せていると、アンジェリクがスルリと懐に入り込んで、下から覗き込むようにして囁いた。

「私の仮面が、特別な花を摘んできたのよ。その花で、とっても素敵な見世物をしてくれるんですって。……楽しみでしょう？」

「――――」

胃の底が抜けるような心地がして、ザックは目を剝いてアンジェリクを睨めつける。

この女が言う『花』が何を指しているかは明らかだ。

ザックの最愛の女性は、花の名前だ。

その花を、アーネストが摘んだと言った。そして、見世物をすると。

火のような怒りが、一瞬で思考を真っ赤に塗り替えた。

「一緒に来てくれますわね？　陛下」

女の下卑た声が聞こえる。視線を動かしてそちらを見たザックは、この女を縊り殺したいと思った。その激情のままに細い首に手をかけ摑み上げる。

「グッ……」

唐突に首を絞められ、アンジェリクが驚愕に目を剝いてザックを見た。

まさかザックが衝動的な行動に出るとは思ってもいなかったのだろう。その目を睨み据え、低く静かな声で問う。

「ピオニーに何をした」

だが首を絞められているアンジェリクがそれに答えられるわけがない。そんな当たり前のことよりも怒りの方が強烈で、ザックは首を摑む手に更に力を込めた。

「陛下！　死んでしまいます！」

ザックを止めたのは、レイナルドだった。その声にハッと我に返り手から力を抜くと、アンジェリクの身体がその場に崩れ落ちる。ザックは無表情にアンジェリクの上に屈み込むと、涙と涎を垂らして咳き込む女の金の髪を摑んで顔を上げさせる。

アンジェリクは、ザックの顔を見てヒュッと息を吞んだ。恐怖で身体を硬直させているのに、目と鼻からボタボタと涙と鼻水を流している。それを汚らしいと思いながら、ザックは静かに言い渡した。

「ピオニーに何かあれば、お前を殺す」

人は怒りが頂点に達すると感情がひどく凪ぐのだと、この時初めて知った。

冷静な表情と口調で殺すと宣言され、アンジェリクがガタガタと身を震わせ始める。それを見て、乾いた笑いが込み上げた。

「他人に同じような痛みを与え、命まで奪っておきながら、しかもそれを笑って見ていたくせに……己の痛みには怯えるのか」

ザックの皮肉にもアンジェリクはただ震えるだけだった。

言っても伝わらないのだろう。

ザックはアンジェリクの髪から手を放すと、レイナルドに命じる。

「この女を縛り上げ、地下牢に監禁しておけ」

「地下牢……ですか」

レイナルドが言い淀んだ。アンジェリクは隣国の王女だ。それを地下牢に入れたとなれば、国際問題になりかねないと思ったのだろう。

それも道理だと少し思案して、ザックは妙案を思いつく。

「では離宮の『星の間』に」

そう言うと、レイナルドがなるほどと頷いた。さもあらん。離宮の『星の間』とは、離宮にある星見の塔の頂にある間のことだ。長い階段を上らなくては辿り着けないその部屋は、『星の間』などという華麗な名とは裏腹に、窓には鉄格子が嵌められ、二重の鉄の扉で固められた堅固な監禁部屋だ。そこは王家の者のための牢屋——気の触れた王や、王子、嫉妬に狂って側妃を殺害しようとした王妃などを入れておく場所である。

その事実をまだ知らないのだろう。アンジェリクは少しホッとした顔をしている。

「私は王太后の部屋に向かう。お前は正妃を星の間に収容した後、こちらへ来てくれ」

「了解しました」

レイナルドが頷いたのを確認すると、ザックは足早に王太后の部屋へ向かった。

＊　＊　＊

アーネストとザックは、前王を父とする御子で、同じ母の胎から生まれた一卵性双生児だ。

父王には、正妃と一人の愛妾がいた。

正妃は隣国から嫁いできた王女で、愛妾となった女性は正妃に伴われてやって来た侍女だった。侍女とはいえ、正妃の従妹でもあった彼女は高位貴族の娘で、入国後間もなく王のお手付きとなり、愛妾として召し上げられたのだ。

自分の侍女が王の寵愛を得た事実に腹を立てるかと思われた正妃は、意外なことに好意的に愛妾の存在を受け入れたという。愛妾が王の子を身籠もった時も、生まれた子は己の養子にし、王の嫡子としてもらうと宣言した。

このことから、正妃は高潔で理想的な王族であると評判を上げ、彼女の意見を仰ぐ貴族が増えていき、政界でも影響力を持つようになった。愛妾を得てから王が享楽に耽るようになり、その代わりに政治の指揮を執る人物が求められたこともあるのだろう。

やがて王は落馬によって命を落とした。これが因果というものなのか、まさに王が亡くなったその日、愛妾もまた御子たちを産み落とした産褥で亡くなった。

生まれたその日に父と母の両方を亡くした御子は、双子だった。

この国では双子は不吉なものとして忌み嫌われる。権力争いが勃発しやすいという理由もあるのだろう。後から生まれた方を殺すのが王家の慣例となっていた。

無論、この時も弟王子は殺される寸前だったのだが、正妃が止めた。

『陛下が亡くなり、王家直系の血筋はこの双子の御子のみ。殺すには惜しい。兄御子がまともに育つかどうかも分からぬのだから、代替品として生かしておくべきだ』

正妃――いや、この時にはもう王太后となっていた――はそう言って、腹心である乳姉妹に弟御子を託し、王都から遠く離れた田舎で密かに育てさせた。

それが、ザックである。

ナンシーという名の養母は、王太后の指示通りにザックを育てた。

つまり、完璧な王の代替品となるべく、自我のない子どもを作ったのだ。

『あなたは国王陛下の代替品なのです。陛下の危機にはあなたが身代わりにならねばならない。身代わりで死ぬことになっても恐れてはいけない。それがあなたの使命なのだから』

ナンシーは事あるごとに弟御子にそう言い聞かせた。王の身代わり、王の偽者——だから弟御子は名前も与えられなかった。幼い頃は、『坊ちゃん』が自分の名だと思っていたくらいだ。

好きな本、好きな食べ物すら、許されなかった。王都から届く報告書から、兄王の好きな本を読まされ、兄王が好きだというメロンを食べさせられた。弟御子はそれらを好きだとは思えなかった。兄王の好きな本はザックには稚拙に思えたし、メロンの舌を刺すような刺激も苦手だった。弟御子は数学の本が好きだったし、桃が好きだった。

だがそれを言うと、怖い顔をしたナンシーに手を鞭打たれた。

『あなたの好みは必要ないのです。必要なのは、陛下の好みで、あなたはそれを覚え込むことが大切なのです！』

自分が好きなものを好きと言えず、好きでないものを好きと言わねばならない。

それを苦しいと思うことすら、我儘だと叱られた。

自我すら認められず、弟御子は自分というものを知らずに生きていた。

王の偽者であるのに、まるで王のような厳しい教育をされ、王として威厳のある行動を求められる。甘えを許されない環境下で、それでも自分は『王の代替品』なのだから当然だと思って生きていた。

弟御子は自分のことを人形のように感じていた。中身のない、空っぽの陶器人形だ。きっと自分を高いところから落としたら、パリンと割れて身体の中から空洞が現れるのだろうと。

そんな虚ろな毎日は、森で出会った泣き虫の少女に塗り替えられた。

彼女のことを思い出す時、最初に反応するのは触覚だ。

手にじんわりと伝わる、自分のものではない熱。他人の体温があんなに温かいものだと知ったのは、あれが初めてだった。

ナンシーからは子ども扱いされることはなかった。常に『王の代替品』であることを求められていたから、泣いたり我儘を言ったりするのは許されなかったし、抱き締められた記憶もない。

ピオニーは一風変わった少女だった。

最初に会った時、自分に向かって「天使さまか」と訊ねた。

こんな空っぽの自分を見て天使などと、おかしなことを言う子どもだと思った。天使とは慈悲深く、人間を導く尊い存在なはず。ただの代替品でしかない自分が、そんな高貴な存在であるはずがないのに。

だから違うと否定すると、少女は目に見えてしょんぼりとした。

言葉も行動も拙く夢見がちなのに、その翡翠の瞳には全てを諦めたような虚ろな色が宿っていて、「自分を天国へ連れて行ってくれる天使を待っている」などと言った。

弟御子はこの時十一歳になっていて、天国へ行く、ということが死を意味することだと理解していた。『死』は、王の代替品である弟御子には、ごく身近なものだった。王の代わりに死ななければいけないのだから、当然だ。そして、それを恐れてはいけないのだとも教えられた。『死』は当たり前で、怖くないもの——それなのに、自分よりもずっと幼く愛らしい少女が『死』を望むと言うのを聞いて、弟御子の胸がひどくざわついた。

そしてふらふらとした足取りでまた森に行こうとするので、何故か心配になってしまい、つい彼女に手を差し伸べたのだ。

握った手が思いのほか柔らかくて温かく、少しびっくりしたのを覚えている。その温かさを、ひどく愛しいと感じた。

きっと、人の温もりに飢えていたのだろう。

感覚としては、初めて与えられた愛玩動物のようなものだったのだと思う。

仔犬を可愛がるように、ザックは毎日ピオニーと戯れるようになった。

ピオニーはコロコロと表情の変わる子どもだった。泣いたり笑ったり、毎日忙しい。ただ乳母と二人きりの生活で満足に食べさせてもらえず、痩せぎすでいつもお腹を空かしていた。それが気になって、ザックはナンシーの目を盗み、食事で出される菓子やパンなどを懐に忍ばせては、ピオニーに持って行って食べさせていた。ピオニーは子どもらしく甘味を好むようで、菓子を持って行った日は輝くような笑顔を見せてくれた。それが嬉しくて可愛くて、自分が食べることなど二の次で、今日は彼女に何を持って行こうかと考えていた気がする。

そんなある日、ピオニーが亡くなった両親について話してくれた。自分が人形を強請ったせいで両親が死んでしまったのだと、泣きながら告白するピオニーに、ザックは無性に庇護欲を刺激された。

彼女を守りたい。こんなふうに泣かなくて済むように、彼女が笑顔で過ごせるように。

誰かに対してこれほど強い感情を抱いた自分に、驚いた。

兄王の代替品である自分には、誰かを好きだと思う感情は不要なはず。分かっていても、たとえナンシーに鞭打たれても、この気持ちを捨てたくないと思った。

泣きじゃくる彼女を慰めるために抱き締めると、彼女が驚いた顔をして言った。

『……天使さまの抱っこ、お母さまとお父さまのだっことおなじだわ……』

それなら、彼女の『お母さまとお父さま』になるのも悪くないと思った。

両親を亡くして悲しむ彼女が泣き止むのなら、兄王の代替品であるより彼女の父母である方が、よほど素晴らしいことだと思えたのだ。

『そうか。……では、私がなろう。君の両親に』

だから頷いてそう言うと、彼女はまた驚いたように目を見開いた。そして満面に笑みを浮かべて嬉しいと喜んでくれたのだ。

その上、思いがけない贈り物までくれた。

『そしたら、天使さまは、今からザカライア・ミリアンヌね！』

弾んだ声に、今度はこちらが驚いて瞬きをした。人の名前のようだが、男性名と女性名の組み合わせは珍しい。不思議に思って訊き返すと、ピオニーはこちらを指さして言ったのだ。

『天使さまよ！　天使さまのおなまえ！』

息が止まった。

彼女は、自分に名前を付けてくれたのだ。

兄王の代替品でしかなく、名前すら与えられなかった、空っぽの自分に。

それがどれほど嬉しかったか。そして同時に、これまで自分が、どれほど悲しんでいたのかを知ったのだ。本当は、ずっとずっと叫びたかった。何故、どうして、と。

何故自分は代替品なのか。

何故自分には名前もないのか。

何故自分は好きなものを好きということすら許されないのか。

兄王を生かすために死ななければならない自分の命は、兄王の命と何が違うというのだろう。同じ腹から生まれた兄弟ではないのか。どうして命の重さにここまでの違いがあるのだ。

叫んだとしても、なかったことにされるだけの思いだった。だから蓋をして見ないようにしているうちに、自分でも忘れてしまっていたのだ。

(私に、私であることを思い出させてくれた人)

兄王の代替品などではなく、ザカライア・ミリアンヌとして生きる道を与えてくれたのが、ピオニーだった。

弟御子はザカライア・ミリアンヌとなり、ピオニーはその唯一無二の存在となった。二人で森を駆け回り、お菓子を食べ、樫の木の洞で転寝をする日々は、完璧な世界だった。二人だけの世界。完成された、天国のような時間。

だが幸福な時間は長くは続かなかった。

翌年の春、ザックは王太后によって王都へ呼び寄せられたからだ。兄王であるアーネストが流行り病に罹り危篤状態に陥ってしまったため、ザックがその代わりに王として公務をこなす必要が生じたのだ。

ピオニーと離されるのが嫌だった。彼女と過ごしたあの満ち足りた時間を手放せるとは思えなかった。

だが、ザックは無力だった。ピオニーを連れて逃げたところで、幼いだけの自分たちは、お互いを守ることすらできない。それどころか、連れ戻された時、ピオニーにひどい罰を与えられてしまうかもしれない。

己の無力さを嘆きながら連れて行かれた王都では、王太后と初めて引き会わされた。

氷のような人だと思った。無表情で無感動、一定の高さから上がることのない声色。眼差しには色がなく、ザックを見る目と家具を見る目がまったく同じだった。

よく似た顔をどこかで見た、と既視感を覚えて、ハッとなった。

自分だった。ザックになる前の自分と、王太后は同じ眼差しをしていた。

『ほう……双子なだけあって、なるほど、瓜二つだ。これならば、連中を騙しおおせるだろう。生かしておいて正解であった』

王太后はザックを見てそう言った。まるでザックという人間がそこにいないかのような物言いだった。その時、ザックは悟った。兄もまた、自分と同様に人として扱われていないのだろうと。目の前のこの女性は、兄も自分も、王の血筋を引いた手駒としか見ていない。手駒に人格は必要ないのだ。

(私がこれから身を置くのは、この人が創り出した世界だ)

ならば手駒として優秀であると王太后に認めさせれば、兄と自分との立場を入れ替えることもできるのではないか。

(力が欲しい)

ザックは無力だった。無力ゆえに、ピオニーを得ることができなかった。

ならば、彼女を得るために力をつけよう。そのためには、代替品の立場のままではいけない。表に兄が立ち続ける以上、自分は陰で生きていくしかない。自分は生きていてはいけない存在なのだから。

（成り代わってやる）

兄の立場を己のものとし、力を得て、ピオニーをこの手に取り戻してみせる。

そう誓ったザックは、王太后に言った。

『兄より私が優秀だと証明すれば、私が兄に成り代わることは可能ですか？』

あまりといえばあまりの問いに、王太后は目を見張った。それまで人形のように凝り固まっていたその無表情を崩せたことに、少しだけ満足感を得ながら返事を待っていると、王太后は静かに言った。

『考えたこともなかったが……面白い。一考の余地はあるぞ』

『では、ご一考ください。私は兄より秀でた王となりましょう』

口の達者な子どもに、王太后は面白がるような笑みを浮かべて頷いた。

『……よかろう。もとより、お前とてれっきとした王家の血を引く者。十分にその権利はあろう。私を認めさせるほど優秀であるならば、私がお前を王に据えよう』

『神に誓ってくださいますか？』

慎重に訊ねたザックに、王太后は小さくせせら笑う。

『私は神など信じない。が、そなたたちに流れる王家の血に誓おう』

『……私たちの血に、ですか？』

ザックは怪訝な顔をしてしまった。妙なことを言う、と思った。王太后は隣国の王女だった。つまりはこの国の王家の血を引いていない。それなのに、どうしてそれを貴ぶような発言をするのだろうか。

ザックの心の裡を読んだかのように、王太后が笑う。

『解せぬといった表情だな。何故私が王家の血にこだわるのか分からぬか？』

その通りだったので、ザックは頷いた。すると王太后はどこか遠い目をした。

『我々は歯車だ。この国を構成する一つの要素でしかない。国はそれら無数の歯車を精密に組み合わせて、ようやく稼動できる乗り物のようなものだ。だが、ただ纏まりのない寄せ集めの歯車を組み合わせるのでは、その乗り物はあっという間に壊れて動かなくなる。必要なのは、全ての歯車の中心にある、強力な磁力を持った歯車だ。その歯車の引力があるから、他の歯車が落ち着いて動くことができる。そうやって全ての歯車が誤作動を起こさないことで、乗り物は長く強く動き続けるのだ。私は、その中心となる歯車が、王家の血なのだと考えている。だから、私はそなたらの血を貴ぶのだ』

王太后の比喩は分かりやすかった。だが……。

『その比喩でいけば、あなたもまた歯車の一つということになりますが』

生意気だと思われることを承知で指摘すると、王太后は眉を上げる。

『その通り、私もまた歯車だ。お前は誤解しているようだから教えてやるが、私は歯車であることを誇りに思っている。本来ならば、私は歯車にもなれぬ者であったのだから』

意外な発言に、ザックはますます首を傾げた。王太后は元王女だ。そして正妃でもあった人で、この世の栄華を極めているも同然なのに、何故歯車にもなれないのだろうか。

困惑する子どもを見下ろし、王太后は口元を歪める。それは自嘲に見えた。

『私は女で、この国の血を引かない者だ。王の正妃でなければ、決して今の地位にはいられなかっただろう。これがどういう意味か分かるか？』

そう問いかけて、王太后はザックの目を見据える。単調な灰色の目の奥には、深い闇のような色があった。諦観にも羨望にも見えるその闇は、見ているだけで引きずり込まれそうな恐ろしさがあって、ザックは慌ててブンブンと首を横に振る。

『分かりません……』

『私は摂政としてこの国の政を担っている。女であり、この国の人間でもない者が。つまり、その気になればどんなならず者でも権力を握れるのだ——傍らに王家の血統を携えてさえいれば』

王太后は説明をしながら、コッコッと床を鳴らしてザックの方へ歩み寄って来た。そして長い爪でザックの頬を摑むと、その顔に己の顔を近づける。

『この世には、私を含め、権力を欲する有象無象が蔓延(はびこ)っている。放っておけば瞬く間に混沌と化するものを、国たらしめているのは、王という存在だ。王という頸木(くびき)があるから、人は纏まる。王の血は秩序だ。この秩序がなくなれば、歯車はあっという間に崩壊し、国は動きを止めるだろう。そういうものなのだ』

妙に凄みのある声でそう言って、王妃はザックの顔を放した。

『それがお前たちだ』

ザックは爪を立てられた頬を手の甲で拭い、王太后を睨んだ。

化粧っけのない顔は年齢不詳で、若い娘にも老女にも見える。得体のしれない大人だと思った。何を考えているのか摑みきれない。だが一つだけ理解できたことがある。

(この人にとって必要なのは、この身に流れる王家の血のみ)

優秀か否かは、王太后にとって都合がいいか悪いかということなのだ。

傲慢なものの考え方に反感を覚えたが、今はまだ反論の時ではない。王太后の犬となることで力を得られるというのなら、なんでもやってやろう。

(ピオニーを手に入れるために……！)

意を決して向き合うと、王太后は愉快そうに口の端を吊り上げた。

『悪くない目だ。励めよ』

そう言うと、手を払ってザックに退出を促した。

以来、ザックは王太后の手足として働いた。命じられればなんでもやった。兄王の身代わりとして戦場にも出たし、毒も飲んだ。王のふりをして動くことで政敵を混乱させ、失脚へ導くこともした。人を騙し、王太后の政敵を殺したことも一度や二度ではない。

気持ちが塞ぐ日がなかったとは言わない。だがピオニーを思い出すことで、迷いを吹っ切った。己にとっての唯一無二を取り戻すためなら、なんだってできた。

もちろんその間に、ピオニーの行方を調べてもいた。偶然にもザックが王都へ移動したのと同時期に、彼女は叔父によって修道院付属の女学院へ入れられていた。その報告にどれほど安堵したことか。神の園である女学院に入っていれば、清貧な生活ではあるが衣食住には困らないし、他の男の手が届くこともない。自分が力をつけるまでの間、彼女を隠しておくのに恰好の場所だった。

(期限は、ピオニーが十八歳になるまでだな)

十八歳を過ぎれば、女学院を卒業し、修道院から出されてしまう。その前に自分は力をつけ、兄に成り代わっておかねばならない。

王太后の忠実な犬として働き、虎視眈々と王座を奪う時を狙う年月の間に、数えきれないほどの理不尽に晒された。アーネストの身代わりとして立った戦場で大怪我をして死にかけた時も、アーネストを狙った暗殺部隊に襲撃を受けると予想された野営地で過ごした夜も、アーネストのしでかした失態を隠蔽するために証言者を殺した時も、身代わりになって毒を飲んで生死の境をさまよった時も、どうして自分がこんなことをしなくてはならないのかという疑問が頭の片隅にあった。

アーネストが高潔な人物であったなら、これほど葛藤は抱かなかったかもしれない。だが残念なことに、自分が必死で守っている兄は、賢王には程遠い、傲慢で思いやりのない人物だった。怠惰で欲に流されやすく、そのくせ王太后の顔色を窺ってばかりで、努力もしないのに、彼女に認められないことに対して癇癪を起こしてばかりいた。

（こいつに王の資格があるのか）

ザックは特段王になりたいわけではなかった。ただピオニーを得るために、それが必要だっただけの話だ。そんな自分ですら、この兄よりは自分の方がよほどマシな王になるとさえ思ってしまった。

（王太后は、何故これを王のままにしておくのか）

誰から見ても、アーネストは王に相応しくない人物だ。なのに、王太后は彼を王座に据えたままにしていた。

何故、という苛立ちを伴う疑問は、しかし、すぐに答えに行きついた。

その方が、王太后には都合がいいからだ。

アーネストは王太后に褒められたい子どものままの男だ。王太后に自分の方を見てほしくて、わざと失態を犯すことすらあった。そんな男だから、王太后の命令には絶対に従うし、叱られれば言うことを聞いた。アーネストが王太后を裏切ることはないのだ。

おそらく王太后は、忠犬のふりをしているザックが、本当はまったく忠誠心を抱いていないことを見抜いている。ザックを王座に就ければ、自分の制御が利かない王となることを分かっているのだ。

それを理解したザックは焦りを覚えた。このままでは自分はいつまで経ってもアーネストの身代わりのままだ。

そんな中、転機が訪れた。

アーネストが結婚をしたのだ。当然政略結婚で、花嫁は王太后の祖国である隣国から迎えた王女だ。花のように可憐なアンジェリクは、だがその中身は蛇のように邪悪な女だった。

傲岸不遜で嗜虐的、身分を笠に着た横暴ぶりに、使用人だけでなく有力貴族たちとも瞬く間に溝を作っていった。見かねた王太后が叱責すれば、父である隣国の王を引き合いに出して盾突き、しまいには離宮へ引きこもって王太后を完全に無視する始末だ。

この国の権力者である王太后を歯牙にもかけない横柄さに、アーネストが影響されないわけがない。これまでも、自分を認めない王太后への不満を募らせていたアーネストは、アンジェリクに唆され、王太后に反抗するようになっていった。

この事態に政治や王宮は混乱したが、ザックはほくそ笑んでいた。

王太后にとってアーネストは、自分に従順であることだけが美点であった。それが覆されたのだ。

これを好機とせず、どうするのか。

（――一気に引きずり落としてやる）

だが、慎重に事を進めなくてはならない。

王太后は服従をもっとも重要視する。決して逆らわず、それでいて、アーネストが王太后から離反するようにけしかけていかねばならない。

離宮に移ったことで王太后の監視の目から逃れたと思っているアンジェリクは、アーネストを巻き込み、欲望のままに次々に悪さをしでかした。違法な薬物の使用や、この国では禁止されている性奴隷の売買に関わったりなど、隠蔽するのも骨が折れる悪事ばかりだった。

アーネストは確実に自滅の道を辿っており、アンジェリクのおかげとすら思っていたザックは、彼女に感謝しているくらいだった。

それが一変したのは、アーネストが若い女を殺害した事件がきっかけだった。

アーネストが性行為中に女を絞めるという歪んだ性癖を持っているのは知っていた。だがこれまでは殺す一歩手前で済んでいたのだ。アーネストの中にかろうじて良心が残っていたからなのだろう。それを破壊したのは、アンジェリクだった。

後始末に駆け付け、苦言を呈するザックに、アンジェリクはコロコロと笑いながら言った。

『何をそんなに怒っているのかしら。あなたたちが後始末しやすいように、身寄りのない修道女見習いの女を選んだではないの！　陛下が多額の寄付をしている女学院よ。見習いの修道女を差し出すことくらい、当然でしょう？』

それはピオニーの所属する女学院だった。二代前の王妃――ザックやアーネストの祖母が創設に携わったというその女学院は、存続のために代々の王が寄付を行ってきたのだ。

怒りで眩暈がしそうだった。

このままでは、ピオニーにもこの女とアーネストの魔の手が伸びかねない。その前に、必ずこの二人を排除しなければならないと、ザックは決意した。

王太后からの叱責も意に介さず、この二人の悪行は続いた。

アーネストが殺す女の数は増えていき、両手、両足の指の数では足りなくなった。王と王太后の溝は広がっていき、その鬱憤からか、アーネストはますます、離宮でアンジェリクと享楽に耽るようになっていった。

アーネストがふらりと修道院に視察を行ったのはこの頃だ。おそらく次に閨に入れる娘を物色しに行くのだと直感したザックは、慌ててその護衛についた。

そうして、あの悪夢のような瞬間に遭遇したのだ。

百合園でアーネストがピオニーに手を伸ばしているのを見て、殴りかかることを我慢するのにどれほど忍耐を強いられたか。

それまでにも、ザックは彼女の成長した姿を見たことがあった。もちろん無関係の男が修道院の敷地の中に入ってはいけないため、年に数回、女学院の学生たちが寄付を募るためのチャリティパーティを行っているのを、遠くから見る程度だったが、それでも美しく成長したピオニーを見られるだけで生きる力が湧いた。

彼女に触れるのは、彼女を守り抜くだけの力をつけてからだ。そう誓って忍耐を貫いてきたというのに——。

(汚い手で触れるな！)

これ以上は見ていられないと、咄嗟に王太后の名を出してアーネストを彼女から引き剝がしたが、これ以上の猶予はないと焦りは募った。

そしてその数日後、アーネストは閨で女官を殺した。修道女見習いと違い、女官は貴族の子女だ。それを殺せば当然大きな問題が生じてしまう。

王太后に直訴したのはこの直後だ。

昔、兄より優秀だと認めてくれれば、王座に就けると約束してくれたのを覚えているかと訊ねると、さすがの王太后も業を煮やしていたのだろう、一瞬の間の後、首肯した。

『王座に就きたいのか』

『少なくとも、あの兄よりは私の方がマシなのではないですか？』

問いに問いを返すと、王太后は少し眉を顰めたものの、咎めたりせずまた沈黙する。

『……よかろう。では、一つゲームをしてみるがいい』

そうして提示されたのが、このゲームだった。

『アーネストとザックのうち、早くに世継ぎを作った方を王とする』

王家の血に強い執着を持つ王太后らしいゲームだと思った。アーネストはアンジェリクと結婚して二年が経過していたが、未だに懐妊の兆しはない。世継ぎは王太后にとっても重要な駒の一つなのだろう。

アーネストは離宮でアンジェリクと、そしてザックは王宮でピオニーと生活し、王が二人いることを決して悟られないようにすることが条件とされた。

当初ザックには他の貴族の子女を側室に迎えるという話が上がったが、アーネストがピオニーを愛妾として迎える準備をしていたことから、すんなりと彼女を相手役に据えることができた。

またこれと同時に、王の公務のほとんどを、ザックが担うこととなった。王宮にいるのがザックである以上そうする方が理に適っていたし、この頃には既に務めを放棄しがちだったアーネストの代わりに公務を行うことが多くなっていた。

こうしてザックは兄と入れ替わり、ピオニーを愛妾に迎えることができた。

ようやく触れることができた愛しい存在は、間近で見ても夢のように美しく成長していた。彼女は百合園で会ったアーネストに不快感を覚えていたらしく、最初は非常にぎこちない態度だったけれど、自分がザカライア・ミリアンヌだと告げた後は、昔のままに抱き締めてくれた。その温もりに、幸福で胸が膨らんだ。あの森で手にした幸福を、この手に取り戻したのだと思うと、喜びで心臓が軋むほどだった。

だが同時に、この温もりを二度と手放してはならないと思った。

最初に会った王とは別人だと明かさなかったのは、万が一に、このゲームに負けた時の事を考えたからだ。真実を知っているピオニーを、王太后は殺してしまうだろうから。

ザックは王太后の言う通り、子どもができる時を悠長に待つつもりは欠片もなかった。子は授かりものだ。そんな不確定な要素に己とピオニーの人生を賭けられるわけがない。

(全て、排除してやる)

自分からピオニーを奪う者、二人の間を引き裂く者は、全員消し去ってやろう。

これまでと同じように、慎重に、けれど確実に、黒い種を蒔いていく。

種は芽を出し、葉は生い茂り、蕾は花開いた。

あとは、実が成るのを待つだけだった。

＊　＊　＊

王太后の部屋の前には、女が二人重なり合うように昏倒していた。

この扉を守っている女騎士たちだ。屈んで見れば、二人とも短刀が胸に深々と刺さっていた。刃が蓋の役割を果たしているためか、出血量は多くない。

（……だが、ダメだな。心臓をここまで深く一突きされてしまえば……）

その他の箇所ならば、出血量が多くなければ間に合う可能性があったが、心臓ではそれは不可能だ。ショックを起こした心臓はまともに機能しない。脳へ送り出される血が途絶えれば、人間は十分と持たないのだ。実際に、女騎士たちは既にこと切れていた。

（これは……思ったよりも手こずりそうだな）

女とはいえ、王太后の護衛となるだけの騎士だ。それなりの手練れであったはずなのに、二人を相手に、どちらも一撃で仕留めている腕前はさすがといったところか。

アーネストは戦闘において天賦の才がある。軍師としても有能だが、その身体能力の高さから、戦士としても優秀だった。怠惰な生活をしているからと侮っていたが、腕は期待ほど鈍（なま）っていないようだ。

とはいえ、こちらも日々鍛錬を重ねている。双子ゆえに、身体能力はほぼ互角なはず。アーネストに刃を構えたことはないが、負けることはないだろう。

女騎士の腰に下げられたままの長剣を抜くと、ザックは警戒しながら扉を開いた。

「ようやくお出ましか！　我が弟よ！」

どうやら待ち構えていたらしい。中に足を踏み入れた瞬間、アーネストの悦に入った大声が響く。相変わらずこの部屋は薄暗く、ザックは目を眇めてグルリと周囲を見回したが、人影はない。いつも王太后が座っている執務机には、書きかけの書類が散らかっていた。

どこから声がするのかと注意を払っていると、王太后の寝室となっている続き間の扉からまた声が聞こえた。

「ここだ！　うす鈍め！」

感情の昂った甲高い声だった。まともな精神状態ではなさそうだ。

緊張を高めながら足音を忍ばせて続き間に近づくと、わずかに開いた扉を蹴り開けて中に滑り込む。長剣を前に構えたザックは、生臭い錆の匂いに神経がヒリつくのを感じた。そして次の瞬間、目の前に飛び込んできた光景に目を剝いた。

部屋の真ん中に据えられた天蓋付きのベッドの上には、ピオニーが全裸で寝かされていた。意識がないのか目は閉じられ、陸に打ち上げられた魚のようにくったりと横たわっている。

ベッドを覆うはずの天蓋は開かれ、中の様子が丸見えにされていた。そのベッドから離れた部屋の隅で、王太后が手足を縛られ、椅子に括りつけられている。こちらは意識があるようだが顔色は紙のように白く、力なく項垂れている。その腹には、深々と長剣が刺さっていて、そこから滴る血で床を紅く染めていた。

アーネストがニヤニヤと笑いながら短剣を掲げて、ピオニーの上に跨がろうとしている。

「お前はそこで、お前の修道女が私に孕まされるのを、指を咥えて見物していろ！」

「貴様ッ……！」

下卑た台詞に火のような怒りに駆られ、斬りかかろうと足を踏み出したザックは、「おっと」という声と共に、アーネストが短剣をピオニーの首に宛てがうのを見て動きを止めた。

「賢いな、偽者。動けばお前の可愛い修道女の首を掻っ切るぞ」

アーネストはせせら笑うと、スッと眼差しを鋭くして命じる。

「剣を捨てろ。放り投げるんだ」

ザックは歯軋りをしながらも、言われた通りに構えていた長剣を放り投げた。ピオニーに触れる目の前の男を八つ裂きにしたくて堪らないのに、彼女の命を握られていては動きようがない。

ザックの手の届かない場所まで得物が飛ばされたのを確認して、アーネストは寝室の壁に沿って置かれているチェストを指さした。

「そこにある小瓶の中身を飲め」

ザックは眉根を寄せる。どうやら自分を服毒死させるつもりのようだ。

「……言われて、私が素直に毒を飲むとでも？」

試しに訊ねてみると、アーネストはケタケタと笑った。

「今更お芝居か？　剣を捨てた時点でお前の負けだ」

それはその通りだったので、ザックは黙ってチェストに歩み寄る。その上にはガラスの小瓶が置かれていて、黄色い液体が入っていた。蓋を開けて匂いを嗅いだが、酒精が香っただけで中身の判別まではできない。

「これは？」

ザックの問いかけに、アーネストは上機嫌で答えた。

「南方の毒蛇からとった毒さ。噛まれれば、熊でも、ものの数分で死に至る。お前は私の身代わりとなるために毒に慣らされていて、この国の毒薬ではなかなか死なないだろうからな。アンジェリクの伝手で、特別に外国からその蛇を取り寄せたのだ！」

得意げに説明するアーネストを見ながら、ザックは「なるほど」と呟く。

「蛇の毒、ね……。蛇を取り寄せたとは、ずいぶんと手間がかかったのでは？」

まるで世間話をするかのように喋るザックに、アーネストは鼻白んだ顔になった。

「なんだ？　時間稼ぎのつもりか？」

「いや？　自分が死ぬことになる毒とはどんなものか、興味があっただけだ。それくらい教えてくれてもいいのではないか？　兄上」

憐れみを乞うように情けなく笑ってみせると、アーネストは嬉々とした表情になった。

「ははは！　そうか、死への贐（はなむけ）になるのなら、それも良かろう！　その蛇はな、アンジェリクが招いた異国の見世物屋が持っていたのだ！　掌ほどの小さな蛇が大きな狂犬をひと噛みで殺してしまう様は、実に痛快だったぞ！　その毒を何かに使えないかと、その見世物屋から蛇を買い取っておいたのだ！　ああ、あの時の私の判断は正しかった！　まさにこの時のためだったのだろうなぁ！」

高笑いをするアーネストを眺めながら、ザックは「ふむ」と頷いた。

「その毒蛇を裂いて、毒腺を取りだした？」

「……そうだ。どうした、教えたのだから、早く飲め！」

ザックの冷静な確認に、上機嫌だったアーネストは少し気を削がれた様子で、一変して服毒を促してくる。

笑ったり怒ったりと感情の起伏の激しい様子に、兄の中の狂気が見えて、ザックは笑いが込み上げた。蒔いた種は、上手く花を咲かせたようだ。

「何を笑っている！　早く飲め！　さもなくば――」

金切り声に顔を顰めた後、ザックは手の中の小瓶を一気に呷る。

強い酒精が鼻を抜け、舌で味わう前に嚥下（えんげ）した。ゴクリ、と喉が鳴り、小瓶を逆さまに振ってみせる。中身を全て嚥下したという証拠に、大口を開けて舌を出した。

「お……」

度肝を抜かれたようにアーネストが呻いた次の瞬間、ザックはガクリとその場に膝をついた。ガクガクと四肢を震わせ、喉に手をやってその場に崩れ落ちる。

「は──はははは！　あははははは！　見て！　見てください、母上！　これでお分かりになったでしょう!?　偽者は所詮偽者！　私が本気を出せば屈服させられる程度の小物でしかないのです！　あなたの判断は間違っていた！　私こそが王なのだから！」

アーネストは喚き立てながらベッドを降り、柱に括りつけられた王太后の傍へ歩み寄る。

王太后はグッタリとしながらも、灰色の目でアーネストを睨みつけた。

「私は、認めない」

か細いけれど、きっぱりとした拒絶を口にする王太后に、アーネストは高笑いをピタリと止めて、王太后の顔を片手で摑み上げる。

「結構。あなたに認められなくとも、王は私だ」

「お、前は、狂っている……！」

切れ切れの非難に、アーネストは無表情で王太后の腹に埋まった剣の柄を握り、グリグリと動かした。

「ぅあああ！」

内臓を更に抉られて、王太后から獣じみた悲鳴が上がる。腹部から噴き出した血飛沫がアーネストの顔にもかかったが、それを気にかける様子はなかった。

「あなたはあれほど努力した私を褒めてくれなかった。それどころか、王と認めてさえいなかったのだ！　ばかな私は、あなたに認めてもらおうと、あなたの言ったゲームを承諾した。私と偽者と、早くに子を作った方を王とする——そんなばかばかしいゲームを！　何故そんなことをしないと認めてもらえない!?　私は既に王だ！　あなたに認められなくとも！」

最後は叫び、アーネストは王太后から長剣を引き抜いた。

蓋を失った傷口から大量の血が噴き上げる。夥しい量の血を浴びながら、アーネストが優しい声で言った。

「さようなら、母上。私には、もうあなたは必要ない」

もはや言葉を吐き出せなくなった王太后の顔を、愛しげに撫で回していたアーネストは、次の瞬間、背後から受けた衝撃に目を剝いた。

首だけを動かして背後を見ると、そこには自分の背中に短剣を突き刺したザックの姿があった。

「……な、お前……？」

「薬学の授業をちゃんと受けなかったらしいな、兄上」

ザックはうっすらとした笑みを貼り付けた顔で、アーネストの背中を刺した短剣を引き抜いた。バッと血飛沫が上がって、先ほどのアーネストと同じようにザックの顔を鮮血で汚していく。

「蛇の毒は、経口摂取では効果がない。あれは刺したり噛んだりして血管内に毒素を注入しなければ効かない毒なのだよ。不勉強がこんなところで祟ったな」

ザックが説明すると、アーネストは呆然と目を見張った。その顔からは既に血の気が引き、唇は紫色に変化している。かはっ、と小さく咳き込んで、彼はその場に崩れ落ちた。ヒューヒューという苦しげな呼吸音は、背後から心臓を狙ったため、肺を突き破ったせいだろう。

「王太后を殺してくれてありがとう、兄上。私はずっとこの女が邪魔だったのだ」

ザックがアーネストからその地位を奪っても、王太后がいる限り、ピオニーを正妃にすることはできなかっただろう。この女には最初から消えてもらわなければならなかった。

「兄上の言う通りだよ。我々は、この女に認められなくとも、王であるのだ」

王の血を貴ぶと言いながら、その血を盾に権力をほしいままにしてきた人間だ。

王太后がいなければ、アーネストは王太后に認められたいという歪んだ欲求を抱えることはなかったかもしれないし、ザックも無駄な理不尽に晒されることなく、アーネストから王位を奪取できていたかもしれない。

「まあ、いずれもくだらない、たらればの話でしかないが」

仮定の話など必要ない。人は現実の中を生きていかねばならないのだから。

そして、王太后とアーネストは死に、名実ともにこの国の王は自分になる——これが現実だ。

ザックは肩を竦めると、動かなくなったアーネストの身体から離れる。そして着ていた上着を脱ぎ、それで顔を拭うと、ベッドで眠るピオニーへと近づいた。

どうやら薬で眠らされているだけのようだ。何かをされた様子もない。規則的な呼吸音に、ホッと息をつく。

「……ピオニー。これでようやく、私と君の、二人だけの世界だ」

もう、誰にも邪魔されない。あの頃の幸福だった世界を、やっと取り戻した。

ザックは微笑んで、眠る彼女の唇にキスを落としたのだった。

終章

爽やかな初夏の風が頬を撫でる感覚に、ピオニーは立ち止まって目を閉じて、深く息を吸い込んだ。

肺の中いっぱいに深い緑の香りが充満し、それを懐かしみながら、ゆっくりと息を吐き出していると、背後から心配そうな声がかかる。

「ピオニー、どうした？」

目を開くと、天使のように美しい顔が視界に飛び込んできた。

森の深緑を背景に見るその美貌に、ピオニーはまた懐かしさが込み上げて目を潤ませる。

「なんでもないの。ただ、懐かしくって……」

そう言って抱き着くと、ザックは呆れたように笑って、長い腕で抱き締め返してくれた。

「なんだ、またか。もう何度も来ているだろうに」

「何度来たって、この森の中は特別なの。私の幸福の原点なのだもの！」

口を尖らせて主張すると、ザックもまた目を閉じて深呼吸をする。

「ああ、そうだな。私たちの世界の原点は……ここだからな」

しみじみと言って瞼を開き、抱き合ったまま森の中を眺めるザックを、ピオニーはうっとりと見つめた。

二人は今、思い出の森へ来ていた。

ピオニーの実家のマーシャル侯爵位は、数年前に叔父が多額の借金を抱えたことで爵位が返上されており、その後は先々代の王弟殿下の息子であるダナム公爵が兼領していた。

ザックは叔父夫婦の行方を知っているようだったが、ピオニーはあえて聞くことはしていなかった。過去の恨みは忘れたとは言わないが、もうどうでもよかったからだ。

また、ピオニーはザックの計らいで、ダナム公爵の養女となり、ダナム公爵令嬢として改めてザックの花嫁となった。

「ここで過ごした世界が……君がくれた幸福があまりに完璧で、私はずっとそれを取り戻すために生きていたんだ。……今でもまだ、夢じゃないのかと思う時があるよ」

ザックがしみじみとした口調で言うから、ピオニーは小さく噴き出してしまう。

「夢じゃないわ。だって私、とっても幸せだって実感しているもの！」

ピオニーは両手で彼の頬を包み込むと、秀麗な顔を引き寄せてその額にキスをした。

「ほら、幸せのおすそ分け。私の幸せを感じるでしょう？」

そう言って微笑むと、ザックもまた柔らかく笑った。

二人で顔を見合わせて笑うと、ピオニーは彼の手を引いて言う。

「さあ、明るいうちにお花を摘んで、お父さまとお母さまのお墓参りに行かなくちゃ！」

今日はピオニーの両親の命日だ。

ピオニーはこの森の芍薬を摘んで、両親の墓に供えるのだと決めていた。なんとなく、自分は今幸せなのだと伝えられる気がしたからだ。

ザックは笑って頷いてくれた。

「ああ、一緒に芍薬を見に行こう」

その姿が、昔、一緒にユキノシタを探してくれた天使のような男の子と重なって、ピオニーはまた微笑んだ。

＊＊＊

修道院でアーネストに昏倒させられた後、目を覚ましたら翌日になっていた。

ピオニーは王宮の自分のベッドに寝かされており、全部夢だったのではと思ったほどだったが、どうやらザックに助け出されたらしかった。

そして驚いたことに、ピオニーが眠っている間に、『仮面殿』と呼ばれていた王太后の部下が、発狂して王太后を殺害し、その後自死したという事件が起こっていた。

仮面殿がアーネストだと、もう分かっていたピオニーは、ザックと二人きりになった後でその真相を聞かされた。そして王家の双子、ザックとアーネストの秘密も。

『王太后は私とアーネストのどちらがより優秀かを競わせることで、兄を支配していた。王太后に認められなければ、王ではないのだと思い込まされてきたのだ』

それはひどく歪んだ関係性だと、ピオニーは思った。そうザックに伝えると、彼は苦い笑いを零した。

『兄は王太后を母と呼んでいた。おそらく、世に言う「母親」というものの温もりを、王太后に求めていたのだろう。私も、養母だったナンシーに似たような期待を抱いたことがあるから分かる。ただ、私の場合は、ナンシー以外の大人がいなかった。彼女に母の役割を期待するなとはねのけられると、そういうものなのだと納得するしかなかった。……だが、兄は違ったのだろうな。おそらく周囲には、王太后にはねのけられても慰める人間が山のようにいたのだろう』

ザックの言葉に、ああ、とピオニーは納得した。はねのけられて終わりであれば、諦めざるを得ないけれど、はねのけられても他方で「そんなことはありません」、「きっといつか分かってくださいます」などと肯定される言葉をもらえば、それは難しいだろう。

子どもはいつだって愛情に飢えている。愛されたくて、抱き締めてくれる温もりが欲しくて、貪欲に求め続けている。ピオニーだってそうだった。

もう少し頑張れば、愛してもらえるかもしれない。もう少し努力すれば、抱き締めてもらえるかもしれない——中途半端にニンジンをぶら下げられた状態で走り続ければ、どこかが壊れてしまっても仕方ないのかもしれない。

子どもの頃からそうやって少しずつおかしくなっていったアーネストは、王太后から王位をかけたゲームを提示され、致命的なほどに壊れてしまったのだ。

歪んだ愛情は、王太后を殺し、自分も死ぬという結末を彼に選ばせた。

気の毒にも思うけれど、それでも自分の女学院の同期が理由もなく殺されたことを思うと、やはりアーネストの死を悼む気持ちにはなれなかった。

そして、アーネストの正妃アンジェリクは離宮に幽閉された。表向きには王太后の死を悲しんで臥せっていることになっていたが、アンジェリクがそんな殊勝な性格をしていないことは、王宮に住まう者は皆知っていた。王太后との確執も有名だったことから、彼女が王太后を殺したのではないか、という噂まで立つほどだった。

そのアンジェリクも、幽閉生活で心身ともに衰弱し、一年前に流行り病を得て亡くなった。最期は女官を自分の母と呼んだり、悪魔だと叫んで暴れたりと、人の区別がつかない状態だったらしい。

こうして、王が二人いたことを知る者は、ザックとピオニー、そして数名のザックの腹心のみになり、ザックは名実ともにアーネスト一世となった。

正妃を喪ったアンソニー一世は彼女の死を悼み、一年間喪に服した後、臣下の勧めで国内の有力貴族であるダナム公爵の一人娘を正妃に迎えた。

それが、ピオニーなのである。

まさか自分がザックの正妃になれるとは思っていなかったピオニーは驚いたが、それでもやはり嬉しさが勝った。愛する人を、他の誰かと共有するなんて、本当は辛くて仕方なかったのだ。

『言っただろう、私の妻は、君だけだと』

そう微笑んだザックに、ピオニーは泣きながら抱き着いたのだった。

＊　＊　＊

穏やかな午後の陽射しの中、王宮の庭にあるガゼボで、ピオニーはザックの膝の上にいた。

このガゼボのある一角に、ザックはピオニーの好きな芍薬をたくさん植えてくれたのだ。

初夏になると見事な花々で埋め尽くされるこの場所は、今や『ピオニーの庭』と呼ばれている。もちろん、ピオニーの一番お気に入りの庭だ。

この庭にザックと二人でいる時は、使用人たちは傍にいない。二人だけの語らいの時だと、皆知っているのだ。

膝に乗せられていると、ザックはすぐにキスをしてくる。瞼にされたので目を瞑っていると、キスが顔中に降ってきて、ピオニーはくすぐったくて笑いだす。

ザックはキスが好きだ。隙あらば、ピオニーの身体中にキスをしようとしてくるのだ。

「おや、私の妻は、キスをされて笑うのか。夫から自信を奪う気だな。ひどい妻だ」

ザックが顔を上げて憤慨したように言ったけれど、その顔はまったく怒っていない。

「だって、くすぐったいんだもの」

笑いながら言い訳をすると、ザックはオヤオヤと眉を上げてピオニーの項に噛みついた。甘噛みだけれど、硬い歯の感触に小さく悲鳴を上げると、菫青石のような瞳が細められる。

「今のもくすぐったい？」

意地悪く訊かれ、ピオニーは顔を赤らめた。悲鳴を上げたのは、くすぐったかったからでも、痛かったからでもない。感じやすい場所に歯を当てられ、甘い快感を得てしまったからだ。

ピオニーの身体をピオニー自身よりも知り尽くしているザックが、それを知らないわけではないだろうに。

「……意地悪」

唇を尖らせると、ザックは愛しげに瞳を揺らした。

「……ああ、愛らしいな、ピオニー」

今どうしてそんな台詞が出てくるのかまったく分からない。分からないが、ザックの醸し出す雰囲気が一気に甘くなり、これはまずいとピオニーは焦る。

案の定、ザックの右手がピオニーのドレスの中に入り込んできた。

「だ、だめ、ザック……！」

「ああ、いいね」

何がいいのか、ザックがうっとりと呟いた。その眼差しが蕩けるような艶を出していて、ピオニーはますます慌ててしまう。

「あ、本当に、ダメ！」

膝から下りようとするのに、ザックのもう片方の手にしっかり腰を抱えられていてままならない。

「あっ……！」

モダモダと動いているうちに、ザックの手はやすやすとドロワースの割れ目を見つけて、ピオニーの素肌に辿り着いてしまった。男性特有の節くれだった指が割れ目をスルリと撫で上げ、敏感な花芯を掠める。

「いんっ……！」

強い快感が身体の奥を震わせ、ビクン、と頤を反らさせた。

ザックが、晒された白い首をぺろりと舐めて、耳の中に注ぎ込むように低い声で囁く。

「もっと私の名前を呼んで、ピオニー」

強請るような響きに、ピオニーは狼狽えながらも請われるがままに名を呼んだ。

「ザ、ザック……」

するとザックは嬉しそうに微笑み、ピオニーの唇を奪う。

「んぅ……ん、んっ」

激しく口内を舐られていると、花芯を弄っていた指の動きも再開された。丸く円を描くように指の腹で撫でられて、じんじんと熟れた痺れが下腹部に溜まっていく。

「う、ぁ……ん、ぅっ」

身体が熱い。口内と陰核を弄り回される快感に、ピオニーの内側が蕩けだし、愛蜜がコポリと中から溢れ出るのを感じた。

「……ああ、濡れてきたね」

ピオニーの下唇をやんわりと食んでキスを終えたザックが、うっそりと笑って呟く。恥ずかしいことをどうしてわざわざ口にするのかと、ピオニーはじとりと恨みがましい目で睨んだ。だがザックは素知らぬふりをするばかりか、にゅるりと膣内に指を埋め込んできた。

「あっ……！」

自分の内側に感じる彼の指の存在に、思わず腰が浮く。その動きを捉えたザックが、いつの間にか寛げていたトラウザーズから勃ち上がった熱杭を取りだすと、濡れた蜜口に宛てがった。

「ザ、ザック、ダメ……！」

まさかこんな場所で、と仰天するピオニーに、ザックは「大丈夫」と耳元で囁いた。

「ここには誰も来ない。私と君だけの庭だ」

それは知っている。この庭にいる時は、使用人が傍に寄らないようにと、ザックが命令したのだから。だがそれとこれとは別の話だ。なおも抵抗しようとするピオニーに、ザックが言った。

「私と君だけの世界だ。私を受け入れて」

そんなことを言われてしまえば、ピオニーには否とは言えない。

グッと言葉に詰まっていると、ザックは天使のような笑みを浮かべた。

「名を呼んで、ピオニー。君だけが、私の名前を呼べるんだ。この瞬間のために、私は生きている」

その言葉に、ピオニーはハッとする。

（――ああ、そうだ。ザックは……彼がザカライア・ミリアンヌでいられるのは、私と二人きりの世界でだけなんだわ……）

何故なら、ザックはアーネスト一世になってしまったから。生まれながらの王にして、王家の血を受け継ぐ唯一の者。それ以外であってはならないのだ。

(この人は、王になった。だけど、きっとなりたかったわけではない……)

ザックは、あの森での幸福をもう一度手に入れるために生きてきたと言っていた。今こうして味わっているのは、まさにその幸福だ。彼とピオニーで完成する完璧な幸福。――だがこの幸福は、彼が王にならなければ、得られなかったものなのだ。

ああ、とピオニーは涙が込み上げた。

彼がどれほど多くを犠牲にして、今の自分の幸せがあるのかを、初めて理解した。

「愛しているわ、ザカライア・ミリアンヌ。私の天使」

ピオニーは微笑んで愛を告げる。

その微笑に噛みつくようなキスをして、ザックがピオニーの中に熱杭を突き立てた。一気に最奥まで貫かれ、衝撃に息を詰めながらも、ピオニーはザックを抱き締める。

(どんなあなたでも、私は愛し続けるの)

たとえ、その翼が血に塗れていようとも――。

この愛しく、哀しい、自分だけの天使を、この命が尽きるまで抱き締め続けることを誓った。

あとがき

今回のお話のテーマは『双子』。大好きなモチーフなのですが、頻回に使用できないものでもあり、脇役のキャラなどにコソコソ入れ込んだりはしておりましたが、今作では久しぶりにドカッとメインに使ってみました。

ヒーローは優しそうな笑顔の裏で（ヒロインと二人きりになりたい。みんな殺しちゃえ）と考えているサイコパスですが、顔が良いので許してあげてください……。

これも全て、yoco先生の描いてくださったザックが美しすぎるからできるわざです。カバーイラストを拝見した時には、そのあまりの美に魂が抜かれてしまったほどです。私がまさにテーマにしたいと思っているものを、そのまま表現してくださいました。

yoco先生、素晴らしいイラストを、本当にありがとうございました。

そして毎回ご迷惑をおかけしております、担当編集者様。いつも本当にありがとうございます。

最後に、読んでくださった皆様に、最大限の愛と感謝を込めて。

春日部（かすかべ）こみと

この本を読んでのご意見・ご感想をお待ちしております。

◆ あて先 ◆

〒101-0051
東京都千代田区神田神保町2-4-7 久月神田ビル
㈱イースト・プレス　ソーニャ文庫編集部
春日部こみと先生／yoco先生

偽(いつわ)りの王(おう)の想(おも)い花(ばな)

2020年10月8日　第1刷発行

著　　者　春日部(かすかべ)こみと
イラスト　yoco(よこ)
装　　丁　imagejack.inc
D T P　松井和彌
編集・発行人　安本千恵子
発 行 所　株式会社イースト・プレス
〒101－0051
東京都千代田区神田神保町2－4－7 久月神田ビル
TEL 03－5213－4700　FAX 03－5213－4701
印 刷 所　中央精版印刷株式会社

©KOMITO KASUKABE 2020, Printed in Japan
ISBN 978-4-7816-9682-9
定価はカバーに表示してあります。
※本書の内容の一部あるいはすべてを無断で複写・複製・転載することを禁じます。
※この物語はフィクションであり、実在する人物・団体等とは関係ありません。

Sonya ソーニャ文庫の本

『裏切りの騎士は愛を乞う』 春日部こみと

イラスト 岩崎陽子

Sonya ソーニャ文庫の本

『騎士は悔恨に泣く』 春日部こみと

イラスト Ciel

Sonya ソーニャ文庫の本

『孤独な女王と黒い狼』 春日部こみと

イラスト 篁ふみ